이강백 희곡전집

일천구백칠십일년부터 일천구백칠십사년까지의 작품들

첫 번째 묶음

이강백 희곡전집

일천구백칠십일년부터 일천구백칠십사년까지의 작품들

첫 번째 묶음

이강백 희곡 전집
첫 번째 묶음
차례

지은이의 머리글

1971년부터 1974년까지의 작품들에 대하여

이 책에 수록된 여섯 편의 희곡은 1971년부터 1974년까지 쓰여진 작품들이다. 1971년 동아일보 신춘문예에 당선되어 같은 해 10월에 〈극단 가교〉 이승규(李昇珪) 씨의 연출로 공연된 희곡 「다섯」은 나의 운명을 바꿔 놓았다고 할 수 있다. 즉, 그때까지 나는 시, 소설, 희곡, 또는 무어라고 이름 붙일 수 없는 습작의 글들을 쓰고 있었는데, 꼭 희곡을 정하고서 내 일생을 걸어 보리라고는 생각하지 않았었다.

「다섯」의 연출을 맡은 이승규 씨가 작품에 대해 상의하고 싶다는 편지를 보내 왔을 때, 나는 그 편지를 지하실 방에서 받았었다. 그리고 그 지하실 방을 떠나 사람을 만나러 갔다는 것이 나에게는 또 일생을 바꿔 놓은 사건이었다.

왜냐하면, 스물네 살의 그때까지 다락방이나 지하실 방에서, 나방이가 고치를 짓듯이, 나 혼자만의 폐쇄적인 세계를 구축하고 그 속에 들어가 살았었기 때문이다. 그러므로 사람을 만나러 외부에 나갔다는 것은, 다른 사람들과 함께 살아간다는 사회 생활의 첫 시작이기도 했다.

그래서인지 나의 희곡은 내가 홀로 있었다는 영향을 강하게 받고 있다. 특히 초창기의 희곡에는 그 점이 매우 강해서, 「다섯」의 경우는 무대가 항해 중인 배 밑의 창고라든가, 「파수꾼」의 경우는 쓸쓸한 황야이다. 「다섯」의 등장인물들은 상자와 통 속에 숨어 지내고, 「셋」의 등장인물들은 고독한 죽음의 놀이를 하며, 「파수꾼」의 등장인물들은 존재하지도 않는 이리 떼의 습격을 막아내기 위해 평생 동안 양철북을 두드린다. 또한 「알」과 「내마」의 등장인물들은 극의 진행 속에서 유기적인 관계를 형성하는 인물들이 아니라, 마치 모래가 모여 있어도 각각 한 알에 지나지 않듯이, 그렇게 홀로 떨어져 있을 뿐이다. 「결혼」의 경우는 좀 특수하다고 할 수 있지만, 그러나 역시 그 등장인물들마저 오래 넣어둔 옷장에서 꺼낸 옷에 배어있는 나프탈렌 냄새처럼, 고독은 지워지지 않고 남아 있다.

내가 생각하는 나의 희곡들의 특징은, 그러한 등장인물들의 모래알 같은 성격과 함께, 매우 우화(寓話)적이라는 점이다. 아마 이 우화적이라는 특징은, 내가 일상생활을 제대로 경험하지 못한, 그래서 일상생활의 사실적인 면을 알지 못하는 약점을 극복하려는 방법인 것 같다.

우화적인 희곡은 그 나름대로의 강점과 약점을 갖고 있다. 강점이라면 우화적인 방법이 성공할 경우 보편성과 상징성을 획득할 수 있다는 점이다. 그것은 시간과 장소의 제약을 받지 아니하고 어느 시대나 어느 장소에서든 들어 맞는 것이다. 이를테면 저 유명한 「이솝 우화」는 고금동서를 막론하고 공감을 얻고 있는데, 바로 우화의 성공적인 예라고 할 수 있다.

그러나 우화적 희곡의 약점은 사실성의 결여이다. 어딘가 그것은 꾸며낸 이야기로서 현실과는 거리가 멀어 보인다. 우화적인 이런 방법이 실패한 작품일 경우(물론 실패한 작품은 우화가 될 수도 없지만) 그것은 전혀 리얼리티가 없는 정체불명의 모호함에 지나지 않는다.

1971년부터 1974년까지 쓰여진 작품들 중에서 우화적인 희곡으로서 성공한 것을 꼽으라고 한다면, 작가 자신의 개인적인 생각으로서는 「파수꾼」과 「결혼」을 꼽겠다. 그러나 작품으로서의 성공 여부를 가리지 않고 애정을 갖고 있는 희곡은 「셋」과 「알」이다.

「셋」은 원고지 60매 정도의 짧은 희곡이다. 1972년 6월 16일부터 23일까지 〈극단 가교〉에 의해 코리아나 소극장에서 초연되었다. 연출은 태근식(太根植) 씨가 맡았고, 박인환(朴仁煥)·최주봉(崔周峰) 씨가 출연하였다.

「다섯」과 「셋」 사이에 「바악 왕」이라는 장막희곡(1972년도 동아일보 장막

희곡 응모에 입선)이 있지만 그 작품은 분실되어서 매우 유감스럽다. 응모 마감일에 쫓기어 복사본을 남길 겨를이 없이 제출했었는데, 신문사는 그 희곡을 입선작으로 뽑은 뒤 공연할 의사를 타진하고자 드라마센터의 유치진(柳致眞) 선생에게 보냈다고 하며, 유치진 선생은 작품이 좋지 않다고 판단하여 신문사로 되돌려 보냈다고 한다. 그런 과정에서 어느 쪽의 실수인지 「바악 왕」은 없어져 버린 것이다.

「바악 왕」은 거의 4백 매에 가까운 작품이었다. 그래서 잡다한 이야기들이 산만하였고 구성상에도 무리가 있었다. 다만 몇 가지 연극적인 아이디어들이 높이 살 만했다고 그 작품을 심사했었던 이근삼(李根三) 선생이 말하던 것을 기억하고 있다.

「셋」은 그러한 긴 작품의 반작용으로 지극히 간결하게 써야겠다는 생각을 하면서 썼던 희곡이다. 초연할 때 「셋」을 보았던 연극평론가 김문환(金文煥) 씨는 카르카의 소설 「굶은 광대」와 흡사하다고 말하였다. 그래서 나는 「셋」이 공연된 후에 「굶은 광대」를 일부러 읽었는데, 김문환 씨가 흡사하다고 말한 것은 내용의 유사성이 아니라, 인간을 파악하는 관점이 비슷하다 지적한 것이라고 받아 들였다. 그러나 「셋」의 등장인물 '다' 처럼, 결국은 비극적일 수밖에 없는 것이 인간의 삶이라고 보는 관점은 카프카 이외의 많은 다른 작가들에게서도 찾아 볼 수 있다.

「알」은 1972년 10월 7일부터 9일까지 임준빈 씨의 연출로 〈극회세대〉에 의해서 코리아나 소극장에서 초연되었고, 그 후 고봉인(高鳳仁) 선생이 발행인이었던 연극 전문지『드라마』제4호(1973년)에 게재되었다.

「알」은 정치적 후진국가에서 악순환처럼 자주 발생하는 쿠데타를 연극화 하겠다는 생각에서 나온 작품이다. 지금도 멈추고 있지 않지만, 70년대 초에는 아시아, 아프리카, 라틴 아메리카의 여러 나라들이 거듭되는 쿠데타에 시달리고 있었다. 그런데 그 쿠데타의 집권자들은 어느 나

라를 막론하고 위대한 이상(理想)을 내건 다음 공룡(恐龍)마냥 공포로서 통치하는, 이율배반적인 메카니즘을 활용하였다.

「알」은 1972년 초연 이후 다시 공연되지 않고 있다. 초연되던 때의 한 가지 기억이 남아 있는데, 그것은 어린아이들이 깔깔거리며 구경하던 광경이다. 지금의 제일 백화점(그 당시 이름은 코리아나 백화점) 6층이 코리아나 소극장이어서, 쇼핑을 하러 왔던 어른들이 아이들을 데리고 극장에 들어오곤 하였다. 연극의 의미를 알아차린 어른들은 심각한 표정인데 반하여, 천진난만한 아이들은 알 속에 위대한 임금님이 들어 있다고 했다가 무서운 공룡이 들어 있다고 반복하는 장면이 재미 있다는 듯이 깔깔 소리내어 웃었다. 그 대조적인 광경이 지금도 진한 슬픔처럼 남아 있다.

「파수꾼」은 1973년 겨울에 쓰여졌고 이듬해 『현대문학』 8월호에 발표되었다. 공연은 다시 해를 넘겨 1975년 3월에 〈현대극회〉가 연극인 회관에서 막을 올렸다. 「파수꾼」은 그때까지 극작가로서 뚜렷한 재능을 인정받지 못했던 나를 연극계에 관심을 갖게 하는 계기를 가져다 주었다.

그러나 「파수꾼」은 읽는 희곡으로서는 괜찮을지 모르지만 무대 위에 형상화할 경우 실패하기 쉬운 희곡이다. 그 이유는 우화적인 희곡이 갖고 있는 약점, 다시 말해서 사실성의 결여 때문이다. 무대는 황야, 등장인물들은 이리 떼를 쫓기 위해 양철북을 두드리는 파수꾼이라는 것이, 아무리 우화임을 강조한다 할지라도, 전혀 우리의 생활이나 관습에 없는 것이므로 실감이 나지 않기 때문이다. 그리고 연극이란 실감이 나지 않는다면 단 오 분도 자리에 앉아 있기가 힘들게 된다. 「파수꾼」이 공연되는 자리에서 나는 그러한 지겹고 고통스런 경험을 해야 했다.

「내마」는 내가 쓴 장막희곡으로서는 처음 공연된 작품이다. 1974년 8월 29일부터 9월 2일까지 닷새 동안 명동에 있던 예술극장(국립극장을 개칭)에서, 이승규 씨의 연출로 〈극단 가교〉가 초연하였다. 그때 문화예술

진흥원이 발족하여, 연극에 대한 지원 사업으로 몇 극단에 재정보조를 하면서, 닷새 동안씩 몇 편의 작품을 공연하게 하였었다.

「내마」는 막이 오르면 첫 장면이 장례식으로서 육중한 관(棺)을 등장 인물들이 운구하며 들어오는데, 우연의 일치로서는 공교롭게도 공연 직전에 고(故) 박정희 대통령 부인 육영수 여사가 광복절 기념식장에서 저격 당하여 장례를 치뤘던 때여서 말썽을 일으켰다. 검열을 통과한 대본대로 만든 연극을 공연하던 날에 다시 검열하는 사태가 벌어졌고, 당시 여당 국회의원이었던 이해랑(李海浪) 선생이 극장에 와서 관계자들을 무마하는 에피소드를 남겼다.

정치적인 상황과 연극의 관계에 대해서 나는 생각해 본 일이 없다. 다만 나는, 우화적인 희곡을 쓰는 극작가로서 정치적인 상황이 우화적 희곡의 좋은 소재가 된다는 것을 놓치고 싶지 않을 뿐이다. 그러한 소재는 관객들의 즉각적인 반응을 일으키기 때문이다.

「내마」가 발표된 이후부터, 그 전의 「알」이라든가 「파수꾼」까지 소급되어서 이태주(李泰柱) 교수 한상철(韓相喆) 교수 등 연극평론가들은 내 희곡의 특징을 정치적 혹은 사회적이라고 말하게 되었다. 나로서는 결코 싫지 않는 말이지만, 그러나 정치적인 희곡을 제대로 쓰고 싶은 나의 욕구와 함께, 앞으로 꼭 풀어야 할 과제로 남아 있다.

「결혼」은 1974년 10월에 한국 극작 워크숍의 『단막극 선집』에 발표한 작품이다. 초연은 같은 해 11월에 〈카페 떼아뜨르〉에서 〈자유극장〉의 최치림(崔致林) 씨 연출로 공연 되었다. 그 당시 나는, 박조열(朴祚烈) 한상철 두 분과 함께 여석기(呂石基) 선생이 주도하는 극작 워크숍에 참가하고 있었다. 참가자들이 매주 한번씩 모여서 각자의 작품을 놓고 기탄 없이 논의하는 방식으로 진행하는 극작 워크숍을 통하여 나는 많은 것을 배웠는데, 그 점을 언제나 감사하게 생각하고 있다. 참가자들의 얼굴을 살펴 보면 오태영, 강추자, 이병원, 이하륜, 이언호, 김병준, 유종원 씨 등 십여 명이 있다.

〈카페 떼아뜨르〉에서의 「결혼」 공연은 흥행에 있어서 성공을 거두었다. 입장하는 관객들의 숫자에 따라 작가에게 이익금이 배분되었는데, 공연할 때마다 만원이어서, 일정한 수입이 없이 궁핍했던 나에게 상당한 도움을 주었다. 그 뒤 「결혼」은 각 대학에서 자주 공연하는 모양인데, 유감스럽게도 나에게는 아무 연락도 하지 않는다는 것이다. 작품료를 달라는 욕심에서가 아니라, 공연하겠다는 사전통고라도 받고 싶은데 그런 기초적인 예의마저 갖추려 하지 않기 때문이다.

이상 이 책에 수록된 여섯 편의 희곡들에 대해서 짤막한 소감들을 덧붙였다. 그러나 이러한 소감들보다 먼저 표명해야 했던 것은, 평민사의 김종찬(金鍾贊) 씨에 대한 감사의 뜻이다. 내가 지금까지 썼던 작품들은 물론, 앞으로 평생 동안 내가 쓸 작품들을 모두 출판하겠다는 계약을 맺었는데, 그것은 한국에 태어난 그 어떤 극작가도 누려 보지 못한 기쁨이다.

솔직히 말해서, 희곡은 출판될 경우 거의 팔리지 않는다. 그 까닭에 출판사들이 희곡이라면 몹시 꺼려하고 있다. 그래서 출판될 기회가 없는 희곡들은 연극사(演劇史) 자료로서 남겨지지 않는다는 불행한 결과를 빚게 된다.

결국 출판사들이 희곡을 출판하게 하려면, 희곡을 읽는 독자층이 두터워야 한다. 시 또는 소설을 즐겨 읽는 사람들도 희곡은 생소하다고 기피하는데, 희곡은 그 나름대로의 읽는 재미가 분명히 있는 것이다. 많은 사람들이 희곡을 읽는 재미를 갖도록 돕는다는 뜻에서, 문예진흥원의 희곡 발간에 대한 지원을 감사하게 생각한다.

다섯

· **나오는 사람들**

가 : 남자

나 : 남자

다 : 남자

라 : 남자

마 : 여자

장소와 장치물

신탐라국(新耽羅國)으로 가고 있는 배 밑의 창고실.

직경 2m 크기의 경보종 하나. 직경 2m 크기의 적색 신호등 하나. 사람이 들어가 앉을 수 있는 크기의 상자 세 개와 양철통 두 개.

막이 열리면서 경보종이 요란하게 울리고 번쩍인다. 그것은 정면 벽에 걸려 있다. 울림과 번쩍임이 그치면 가 나 다 라 마는 상자와 통의 뚜껑을 열고 그 속에서 나온다.

다시 경보종이 울린다. 신호등이 번쩍인다. 다섯은 제각기 상자와 통 속으로 급히 들어간다.

경보종과 경보등의 기능이 멈추고 다섯은 밖으로 나온다. 남자들의 생김새는 그저 평범한 인상을 준다. 연령도 비슷해 보이고 각자의 직업을 구별할 수 있을 만한 특징도 없다. 그 중에서 라가 제일 키가 크고 나는 작은 편이다. 남자들의 평범한 인상에 비하여 여자 마는 청초한 아름다움이 눈에 뛰어나다.

상자와 통들은 적당한 간격으로 놓여 있다. 왼쪽에서부터 가의 것이 먼저며, 나 다 라의 것, 오른쪽의 끝이 마의 것이다.

가 다른 놈들이 냄새를 맡은 건 아닐까?

다 무슨 냄새인가?

가 우리들의 냄새 말이야.

라 왜 다른 놈들이 우리 냄새 맡는 걸 두려워합니까?

가 선장이 말했었거든. 선원들 몰래 배에 태워 주는 거니 다른 놈들이 냄새를 맡으면 자기 입장이 난처하게 될 거라구.

다 난 선장에게 뱃삯을 주었어.

나 나도 그래. 다른 놈들이야 알 바 아니지.

가	누구는 돈을 주지 않은 줄 알어?
라	그럼 당신도 돈을 냈단 말이오?
가	그래. 선장에게 주었지만, 그것으로 일이 다 된 건 아니야. 자, 모두들 잊지 마시오. 우린 밀항자들인 선장에게 뱃삯을 냈다 할지라도 그건 우리에게 별 도움을 주지 않을 거요. 오히려 손해를 주면 주었지. 이를테면 다른 놈들인 이 배의 선원들이 우리의 냄새를 맡아서 잡히는 날엔 어떻게 될지 아시오?
다	(한참 생각하고 나서) 몰라. 어떻게 될지.
가	당신들은?
나, 라	(고개를 가로 저으며) 모르겠는데…….
마	(그녀는 자기의 상자 위에 앉아서 남자들이 하는 짓을 바라보고만 있다)
가	다들 모르는군, 나만 제외하고선. 내가 가르쳐 드리지. 다른 놈들이 우리를 붙잡으면 우선 선장에게 데려 갈 거요. 그는 이 배의 우두머리니까.
나, 다, 라	그것 참 잘 되겠군요. 우린 선장에게 돈을 냈으니 그가 우리를 돕겠지요.
가	바보같은 소릴 마시오. 다른 놈들 앞에서, 우리가 뱃삯을 치뤘으니 이 배를 탈 권리가 있다고 주장하면 선장의 입장이 난처하게 돼. 선장은 우리 뱃삯을 혼자만 먹으려는데 다른 놈들이 불평을 할 거요. 그럼 선장은 돈을 나누든가, 아니 나눌 리가 없고 선장은 분명히 이렇게 명령할 거야. "난 저 사람들을 알지 못해. 뱃삯을 받은 일도 없구. 아마 저 사람들이 몰래 이 배 안에 기어 들어 왔겠지. 어서 바닷속에 처 넣어 버려!" 이젠 알겠소?

나	이젠 알겠어요. 선장이 우리를 바닷속에 넣으리라는 것을.
다	물속은 차거울 텐데⋯⋯.
라	물속에선 죽겠지.
나	아름다울지도 몰라요. 물고기가 헤엄치고, 수초도 자라고, 어린 고래의 예쁘고 순진한 눈동자를 볼 수 있을 거야. 하지만 죽는다면 그런 것이 무슨 소용 있을까⋯⋯.
가	암, 아무런 소용도 없지.
라	(가에게) 당신은 선장이 시치미 떼리라는 걸 어떻게 아셨수?
가	그야 생각해 보면 뻔하지요. 우리들이 목적지까지 가든지 못 가든지 선장 자신에겐 무슨 상관이 있겠어? 자기 입장이 곤란하게 되면 우리를 물속에 쓸어 넣는 편이 그에겐 더 좋은 거란 말이오. 돈도 다른 놈들과 나눌 필요가 없구.

가 나 다 라 마 침묵.

라	(무엇인가를 생각한 듯이) 모두 내 말을 들어 봐요. 다른 놈들이 우릴 잡아냈을 때 우리가 먼저 선장에게 돈을 주지 않았다고 우기면 어떨까요?
나, 다	(그 말을 듣고 환성을 지르며) 그렇게 합시다. 죽기는 싫어요!
라	참 좋은 생각을 해 냈지, 내가? 선장 앞에 끌려가서도 "우린 귀하에게 뱃삯을 내지 않았소" 하고 딱 잡아 떼거든요. 그리고 두 손을 빌며 애원을 해야지.
가	살려 주십사 애원을 해?
라	그래 애원을 하는 거요. 당신은 살고 싶지 않단 말이오?
가	살고 싶어.

라	애원을 하는 것으로 정합시다. 선장이 다른 놈들에게 "저 사람들 불쌍히 보이는구면. 살려 주기로 하세" 그럴 거야.
나, 다	꼭 그럴 겁니다. 그건 확실해요. 아이 좋아!
가	(물끄러미 그들을 바라보며) 이건 지랄판이군.
라	(가에게 항의한다) 뭐가 지랄이라는 거요? 설마 당신만이 다른 놈들 앞에서 우리가 뱃삯을 냈다고 폭로하려는 건 아니겠지?
가	그럴 리가 있겠소? 다만 엄청난 돈을 내고서도 동전 한 잎 내지 않았다고 애원을 해야 한다니…….
나	그래야 살 수 있다니까요.
다	물고기, 수초, 고래의 예쁜 눈동자여, 안녕히. 그것들을 볼 기회를 잃는다는 건 퍽 유감이군요. 하지만 살고 봐야지.
라	(기운을 내라는 듯이 가의 어깨를 두드리며) 자, 그만 바닷속이 차거우리라는 걸 잊읍시다.
가	(침울한 표정으로 고개를 가로저으며) 잊을 수가 있어야지. 난 무엇이든 잊지 못한다우.
라	먼 옛날의 일도?
가	먼 옛날은 이제 없소. 모두 지금뿐이니. 그래서 난 손톱만치도 잊질 못해요. 아내가 죽었다는 것마저도. 잘도 죽었다 생각은 늘 하지만…….
라	참 안됐구려. 언제 그런 일을 당했소?
가	군사혁명이 일어난 후 3주일되던 날이었지. 적게 잡아 3개소대쯤 되는 다른 놈들이, 이마에 뿔이 돋쳐 내 집을 들이 받았으니 그 꼴이 뭐가 됐겠소.
나	대문에 구멍이 뚫렸던가요?
라	(나에게) 사람이 죽었다고 하잖어? (가에게) 그래 어떻게 됐소?

가	아내는 뿔에 찔린 상처가 깊어 죽었구 나는 도망을 쳤지.
나	그것 봐요. 대문에 뚫린 구멍으로 도망을 칠 수 있었지.
라	(가를 동정하며) 왜 그런 일을 당했소?
가	돈을 관리들에게 주었었는데 다른 놈들이 그걸 냄새 맡았거든.
다	괜히 돈을 주니 그렇지.
라	(다에게) 잠자코 있어. 누가 괜히 돈을 줄라구.
가	암, 당신 말이 맞아. 국유지(國有地)를 불하받으려고 정식 서류를 갖추어 관청에 들렀더니 담당 관리가 하는 말이 "여보, 이 정식 서류를 보며 나는 당신의 어리석음을 비웃고 있소. 이렇게 하면 돈과 시간이 몇 곱절 더 드니 나에게 사적으로 불하받을 돈을 내구려. 쉽고 싸게 해 주리다." 그래 나는 그의 말대로 하였을 뿐이오. 그런데 혁명이 일어나서 나는 돈을 주지 않았다고 잡아 떼었지만 그 관리놈이 저 살려고 고백하는 바람에 허사였소. 이마에 뿔이 돋친 다른 놈들이 내 집을 들이받고 아내는 찔려 죽구, 나는 도망쳤지. 뒷날 소문에 듣자니 그 관리놈은 승진이 되었다가든가 훈장을 받았다든가……
라	당신 말을 들으니 선장이 우리 뱃삯을 받았다고 다른 놈들에게 고백할 것이 분명하오.
가	아내와 난 아주 슬피 울었었소. 선장은 분명히……우린 슬피 울어야 하겠지.
다	(어리둥절하며) 왜 우리는 슬피 울어야 합니까?
라	바닷속에 들어가야 하니 그래.
다	누가 바닷속에 집어 넣는데요?
라	이젠 선장이 아니라 다른 놈들이 우리를 바닷속으로 집어 넣을 거야.

나	그럼 애원을 해도 소용이 없는가요?
가, 라	(난처한 얼굴로 고개를 끄덕인다)
나, 다	조금 전까지만 해도 분명히 살 수 있었는데……. (그러나 가, 라 를 따라서 체념한다)
가	이젠 어떻게 하면 좋을런지…….

가 다 라 마 잠시 침묵.

나	(마를 손가락으로 가리키며) 저 여자에게 물어보면 어떨는지?
다	누군데? 여신이야?
라	여신은 아니겠구먼. 날개가 없어.
마	(두 손으로 날갯짓을 해 보인다)
나	날개가 있어!
다	그건 날개가 아니라 손이야.
나	(자세히 바라보고 실망해서) 내 눈에도 여신 같지 않아요.
마	(날갯짓을 계속한다)
가	여신이 아니라면 남자가 하는 일에 간섭해선 안돼. 여자란 바느질이나 하구 아이나 기를 줄 알지, 위기의 극복같은 건 생각할 능력이 없거든.
라	어떻게 했음 좋을지, 여신도 없구…….

경보종이 요란하게 울리고 적색 신호등이 번쩍인다. 날갯짓을 하던 마가 먼저 자기의 상자 속으로 들어가자 당황하던 가 나 다 라도 제 각기 상자와 통 속으로 들어가 옷 뚜껑을 덮어 몸을 숨긴다. 얼마 후 경보종과 신호등의 기능이 멈춘다. 마가 먼저 나와 자기의 상자 위에

올라 앉아 날갯짓을 하다간 쑥스러운 듯 그만 둔다.

가 나 다 라 밖으로 나온다.

나   (얼빠진 목소리로) 이번엔 굉장히 길었어요.

가   이상스런 일이 아닐 수 없어.

다   무엇 말이요?

가   우리 제각기 자기 몸에서 무슨 냄새가 나는지 조사해 보아야 하겠소. 아무래도 다른 놈들의 코에 자꾸만 강하게 느껴지는 냄새가 있는 모양이오. 이번처럼 길고 긴 경보종 울림은 나쁜 징조야. 자, 여러분 조사해 봅시다.

마를 제외한 가 나 다 라 코를 흥흥거리며 자기 몸의 냄새를 맡기 시작한다.

다   아무 냄새도 안나는데.

가   더 정밀하게 조사해 봐요.

다   네.

마   (냄새 맡고 있는 남자들의 이상한 행동을 바라본다)

나   내 몸에선 아무 냄새도 나질 않아.

가   내 몸에서두.

다   나도 그래요.

라   (울상을 짓고) 불행히도 내 몸에선 냄새가 납니다.

가, 나, 다   (깜짝 놀라며) 어떤 냄새요?

라   (주저하다가 기죽은 조그만 목소리로) 소금에 절인 정어리 냄새 같아요.

가, 나, 다 (라를 손가락으로 가리키며) 야단났군. 당신 때문에 우린 모두 죽게 되었소!

라 (절망적으로 부르짖는다) 오, 내가 정어리라니!

다시 경보종이 울리며 적색 신호등의 불빛이 번쩍인다. 마가 먼저 자기의 상자 속으로 들어가고 가 나 다 라 사색(死色)이 되어 떨다가 각자의 통 속으로 들어간다. 잠시후 경보종과 신호등의 기능이 정지된다. 마가 먼저 나와 손으로 날갯짓을 얼마 동안 하다가 그만 둔다. 가 나 다 나온다. 라의 통을 주시한다. 라는 나오지않는다.

가 그는 다른 놈들에게 붙잡혀 갔음이 틀림 없어.

나 나도 당신의 의견에 동감입니다.

다 그럼 냄새를 피우던 자가 잡혀 가버렸으니, 이젠 우리의 생명이 안전하지 않을까요?

가 옳아. 우리는 마음을 푹 놓아도 되겠어.

나 (회색이 만면해지며) 이젠 죽을 염려가 없어졌으니 얼마나 기쁜지 말도 못하겠소. 그 지긋지긋한 경보종 소리도 다시는 들을 필요가 없구.

가 (즐거운 표정으로) 조금 있으면 풍덩 소리가 들릴지도 몰라. 그는 원래 정어리였으니 바닷속으로 들어가는 건 당연해. 우리가 인간도 아닌 그 생선을 위하여 동정할 까닭은 없어.

마 (아무 말 없이 남자들을 바라보고 있다)

라 (갑자기 통 뚜껑을 열고 밖으로 뛰어나와 흥분된 목소리로 외친다) 여러분, 나는 소금에 절인 정어리가 아닙니다! 비록 그런 냄새야

나긴 합니다만, (기쁨에 발을 구르며) 사실은 내가 들어 있던 통 속에 소금에 절인 정어리가 들어 있었음이 밝혀졌습니다. 아마 이 배의 선원 급식용이었겠지요. 통의 밑바닥에 아직도 두 마리의 정어리가 남아 있습니다. 여러분, 의심이 나면 직접 보셔서 확인하시기 바랍니다.

마를 제외하고 모두 라의 통으로 몰려가 그 속을 들여다 본다.

라   여러분! 내 말이 틀림 없지요? 그렇지요?

다   잘 보이지 않는데. 오히려 당신이 정어리였으면…….

라   통 속을 잘 살펴 보시오.

가   (실망한 표정으로) 그의 말이 맞아. 정어리가 있구만.

나   사실이야.

다   나에게도 보여.

라는 펄쩍 뛰며 좋아하지만 가 나 다는 퍽 실망한 표정이다. 마가 그들을 바라보고 있다.

나   (가에게) 이 일을 어떻게 하면 좋겠소?

가   (난처하다는 듯이) 나도 모르겠소.

다   우리의 생명이 안전하지 않게 되었나요?

나   사실은 그렇게 됐어.

다   조금 전까진 안전했었는데…….

나   (라를 가리키며) 저 자가 정어리로 되지 않는 바람에 그만 모든 것이 처음의 제자리로 되돌아 갔잖아. 어떻게 하면 좋을런지 …….

라　무얼 어떻게 하면 좋겠다는 거요? 다시 제각기 몸에서 냄새가 나지 않는지 조사해 보는 수밖엔 없지 않소?

나　그건 이미 조사해 봤잖소?

라　그렇구먼. (잠시 침묵) 그러나 저 여자는 조사하지 않았어요. (마를 가리킨다) 왜 그런 생각을 일찍 못했을까? 우리에겐 저 여자를 조사해야 할 마땅한 권리가 있는데도.

다　당신은 우리들이 저 여자를 정어리로 만들지 않으면 안된다는 거요?

라　내 말은 우리의 권리를 행사해야 한다는 뜻이오. 알겠소?

가 나 다 라는 마에게 달려가 코를 그 여자의 몸에 대고 냄새를 맡는다.

마　(남자들의 성가신 행동에 몸을 맡겨둔 채 말없이 앉아 있다)

가　이젠 희망이라고는 하나도 없소. 찾을 수도 없구. 이 여자에게선 아무 냄새도 나질 않아.

가 나 다 라는 마로부터 물러나와 그녀의 상자 아래 힘없이 주저 앉는다.

다　결국 우리들은 선장이나 다른 놈의 구둣발에 채여서 바닷속으로 빠져야 하나요?

경보종이 울린다. 적색 신호등이 깜박인다. 당황한 가 나 다 라는 각기 자기들의 상자와 통으로 뛰어간다. 가가 넘어진다. 다가 가를 도와주지 않고 가의 허리를 껑충 넘어가 자기의 통 속으로 들어간다. 가는 일어나서 다의 통을 발로 걷어 차 쓰러뜨린다. 그리고 자기의 상자 속으로 들어간다. 나는 가의 상자 속에 잘못 들어가려다 가의 주먹이 머리를 치는 바람에 정신을 차리고 자기의 상자를 찾아간다. 라는 자기의 통 속을 바라보며 절래절래 고개를 흔든다. 정어리가 마음에 걸리는 모양이다. 라는 자기의 통을 포기하고 마침 그녀의 상자 속으로 들어가려는 마의 뒤를 따라서 함께 들어간다. 모든 것이 순식간에 일어난다. 경보종의 울림이 멈춘다. 신호등의 불빛이 꺼진다.

다 (쓰러진 통에서 기어 나온다. 통이 넘어졌을 때 당한 아픔과, 선장 앞에 잡혀 나온 줄 착각하여 겁에 질린 그는 몸을 부르르 떨며, 머리 위에 두 손을 얹고 빈다) 고귀하신 선장님, 그리고 바다의 용맹한 사나이인 다른 분들, 나는 여러분들을 존경합니다. 내가 이 배를 타게 된 것은 참으로 영광입니다. 선장님께 뱃삯을 드린 일이라곤 전혀 없을 수도, 또는 있을 수도 있으며, 나는 지금 애원을 하기도 하고, 하지 않기도 합니다. 그리고 나는 여러분들이 걷어차면 바닷속에 들어가 고래의 눈동자를 보겠지만, 걷어차지 않을 경우엔 보지 못할 것입니다. 여러분들은 나를 죽일 수도 있고, 살려둘 수도 없지 않아 있습니다. 사실 나는 이것이냐 저것이냐 뚝 부러지게 분명히 말할 수가 없습니다, 아니 있습니다. (난처한 목소리로 외친다) 용서하십시오, 선장님 그리고 다른 분들이여! 내가 이런 얼빠진 소릴 하는 것은, 내가 떠나온 모국의 풍습 때문이올시다. 사랑하는 내 나라, 증오하는 내 나라, 그곳에선 모든 사람들이 한꺼번에 두 가지씩 말을 합니다. 그래야 살 수 있으니까요. (상자와 통 속에서 나온 가 나 라 는 다의 어릿광대 같은 행동에 폭소를 터뜨린다. 마는 다를 물끄러미 바라보고만 있다) 오늘 꼭 된다든지, 안된다든지, 둘 중에 어느 것을 분명히 말했다가는 쥐꼬리만한 봉급의 오급 공무원 생활도 할 수 없는 괴상한 나라입니다. 나는 그래서 내가 태어나고 성장했으며 또한 뼈를 묻고 싶던 그곳을 떠나려 이 배를 탔습니다. 선장님, 그리고 다른 분들, 내 심정을 이해하실 수 있겠습니까? 예를 들어서 만난 지 다섯 시간밖에 안된 미녀가 내 입술을 빨며 사랑한다고 말했을 때, 나는 혹시 그 여자가 나를 자기 아버지 때려죽인 원수로 착각하지 않았나 하고 몸을 떨었습니다. 존경하는 선장님과 다른 선원 여러분, 이런 나를 죽여서 무엇에 쓰시겠습니까? 제발 살려 주십시오!

나   (다의 엉덩이를 발로 걷어 차며) 정신차려! 애를 먹이던 오급 공무원 놈아!

다   (비명을 지르며 쓰러진다. 바닷속에 빠진 듯이 헤엄을 친다)

가 나 라 다를 바라보며 웃음을 터뜨린다.

다   (웃음소리에 사방을 둘러 보고) 여러분들도 엉덩이를 걷어 채였소? 모두 바닷속에 모여 있으니 …….

가   그럼. 모두들 엉덩이를 걷어 채였지.

가 나 다 라 침묵. 마가 날갯짓을 해보이다가 그만 둔다.

나	(라에게) 언제쯤 우리들이 탄 배가 신탐라국에 도착하는지 알고 있소?
라	당신은 그걸 선장에게 묻지도 않고 이 배에 탔소?
나	누가 이처럼 오래 걸릴 줄 알았나요. 기껏해야 일주일 아니 면 일개월 정도 타고 나면 도착하리라 믿었지. 언제쯤 그곳에 도착할 것인지 알고 있으면 말해 주시오.
라	(나에게) 난 당신이 아는 줄 알구 선장에게도 묻지도 않았소. 시치밀 떼지 마시고 좀 가르쳐 주시오.
나	(가에게) 당신은 아시나요?
가	나 역시 모르기는 마찬가지야.
나	이젠 배를 탄 지 몇 년이 되었는지 모르겠어.
라	십분의 일쯤 왔을까? 아니면 백분의 일쯤?
가	(퉁명스럽게) 그런 걸 누가 알겠소? 천분의 일쯤 왔는지도 모르구, 이제 다 와서 내일이면 부두에 도착할지도 모르지.

가 나 다 라 침묵. 마가 손으로 날갯짓을 하다가 그만 둔다.

라	(가에게) 신탐라국으로 이 배가 간다고 그랬소?
가	네. 신탐라국으로 가는 건 확실해요. 선장도 그렇게 말했었고, 그 나라로 가지 않는 배라면 우리가 왜 타고 있겠소.
나	맞아. 그곳으로 가는 것만은 틀림 없어.
라	신탐라국, 오 아름다운 낙원이여! 그곳으로 이 배가 가고 있지 않다고 말하는 자는 천벌을 받아라!
가, 나	(입을 모아) 천벌을 받아라!
라	천벌을 받아라! 신탐라국은 정말 낙원이겠지요?

가, 나 천벌을 받아라!

라 (어리둥절하다가 갑자기 목이 메인 목소리로 부르짖는다) 천벌을 받아라!

가, 나 누가 받어?

가 나 다 라 침묵. 마가 날갯짓을 하다가 그만 둔다.

나 (헤엄을 치고 있는 다에게 눈이 가서) 왜 그런 짓을 하고 있지? (생각이 났다는 듯이) 아, 당신은 바닷속에 빠진 사람. (긴 끈을 찾아와 다의 발목에 매달고서) 이래야 상어에게 물리질 않지. 상어란 놈은 자기보다 긴 것은 두려워하여 덤비지 않거든. 그래, 당신은 어린 고래의 예쁜 눈동자를 보았소?

다 (기운이 빠져 헤엄도 못 치고) 나는 그걸 볼 수도 있으며, 보지 않을 수도 있습니다.

경보종이 울린다. 적색 신호등이 번쩍인다. 마가 먼저 자기의 상자 속으로 들어가고 가 나 다도 제각기 상자와 통 속으로 들어간다. 라는 서슴없이 마의 상자 속으로 들어간다. 종소리와 빨간 불빛의 번쩍임이 멈춘다. 가 나 다 라 마 밖으로 나온다.

나 (지친 듯한 표정으로) 이젠 지쳤어. 배도 고프고.

가 조금 전에 배불리 먹었잖소?

나 (꿈을 꾸듯 희미한 목소리로) 언제쯤요?

가 바로 조금 전에.

나 무엇인가 배불리 먹은 것 같긴 해요.

가	그것 봐. 생각해 보면 다 기억이 새로워지질 않소. 달디단 음식을 잔뜩 먹구서도 생각을 하지 않으니 잊어버리지.
나	내가 사랑하는 아내와 함께 식사를 하던가요? 내 기억을 좀 도와주세요.
가	당신은 사랑하는 아내와 함께 식사를 했소. 햇볕이 잘 드는 언덕 위에 둥그런 식탁을 내놓구. 하늘엔 때마침 하얀 비둘기 한 마리가 날고 있었어. 이젠 기억이 확실하지?
나	한 마리의 하얀 비둘기? 글쎄 그건 기억이 희미하군요. 은빛의 날개가 긴 폭격기가 한 대 떠 있었는데 …… 푸른 하늘 …… 둥그런 식탁 …….
가	하얀 비둘기라니까.
나	비둘기…… 일요일이어서 아내와 나는 아침 식사를 끝내면 동물원으로 코끼리 구경을 가려했지요. 그런데 아내가 옷이 갑자기 타오르는 주홍색이어서 아내는 열심히 그 옷을 벗으려 했었는데 …… 신탐라국에도 코끼리가 있을까요?
가	그럼 있고 말고.
나	사랑하는 내 아내도?
가	물론, 부두에서 당신을 기다리지. 그 타오르는 불꽃의 옷을 다 벗고 나체로 기다린다구. 허리에 꽃을 두르고 손을 흔들며 춤을 추면서.

경보종이 요란하게 울린다. 적색 신호등이 번쩍인다. 가 나 다는 자기의 상자와 통 속으로 들어간다. 라는 마의 뒤를 따라 그녀의 상자속으로 들어간다. 울림이 끝난다. 불빛이 꺼진다. 가 나 다 라 마 뚜껑을 열고 밖으로 나온다. 마가 두어 번 날갯짓을 한다. 경보종의 울림이

다시 시작한다. 신호등이 점멸한다. 가 나 다 다시 들어간다. 라는 마의 상자에 들어간다. 멈춘다. 나온다. 재차 시작한다. 들어간다. 수 차례 되풀이 된다. 종소리가 멈추고, 신호등의 빛이 꺼진다. 가 나 다 나온다. 라는 마와 함께 나온다.

다 (지쳐서 희미한 목소리로) 이젠 진절머리가 날 수도 있고, 나지 않을 수도 있습니다.

가 나도 그래. 상자 속에 들어가 저 경보종 소릴 듣고 있노라면 강철로 만들어진 벌레들이 내 뼈를 갉아먹는 기분이 들어.

나 아내는 지금 낙원에서 날 기다리고 있는데. 이런 꼴은 더 이상 참을 수가 없어. 경보종을 떼어 버리면 어떨까? 저 신호등은 무얼 던져 깨뜨려 버리구?

가 하지만 그걸 없애면 위기가 닥쳐왔는지 그렇지 않은지를 알 방법이 없거든.

라 위기라? 이제는 완전히 지쳤어.

다 이 배를 타기 전의 생활이나 지금이나 똑같아. 조금도 다른 것이 없어. 우린 살 수도 있으며 죽을 수도 있는, 떠나온 나라에서 있었던 일은 이 밀항선 안에서 다시 반복되기만 하구. 신선한 그 무엇이 필요해. 필요없기도 하지만.

가 (절망하는 사람들을 달래며) 우린 낙원의 나라 신탐라국으로 가고 있어. 이게 바로 신선한 그 무엇이잖어? 선장이 비밀리에 낙원으로 갈 사람들을 모집했을 때 모인 사람들은 용감한 우리들뿐이야. 자, 군가(軍歌)라도 부르면서 용기를 내자구!

라 지금쯤 선장은 우리를 어떻게 생각하고 있을까?

가 그는 이렇게 생각하고 있겠지. 배 밑에 있는 사람들은 안전하고 편하게 있을 것이라고. 자기와 다른 놈들이 험난한 항해를, 사나운 암초와 해풍과 싸워 낙원의 나라로 가고 있으니, 밑에 있는 사람들은 그저 숨이라도 쉬고 맨손 체조나 하면 행복할 것이라고 말이오.

나 선장이 우리가 맨손 체조나 하고 있으면 행복할 거라구? 그가 우리에 대하여 무얼 알고 있어?

가 글쎄, 선장의 생각이 그럴 거라는 거지.

라 선장이 우리의 상황을 알거나 모르거나 그건 상관없어. 그저 우리는 우리들 나름대로 행복하기만 하면 돼. 여러분들도 물론이지만, 나는 맨손 체조를 굉장히 많이 하였소. 통 속에, 상자 속에, 들어갔다간 나오고 나왔다간 들어갔으며 그랬는가 하면 또 나왔소. 달리기, 장애물 넘기, 팔다리 굽혀 펴기 등을 열심히 한 것이지요. 몸과 마음에 신선한 활력을 주는 운동, 목이 타는데……체조는 근육과 허파를 튼튼하게 해줍니다. (목을 두 손으로 붙들고) 목이 타는구만. 선장이 마실 물을 주면 난 좀더 행복하겠는데. 물론 거저로 달라는 건 아니구, 서로 바꾸어 갖자는 것이지. 나는 선장에게 줄 것이 많아. 그걸 보면 난 행복한 사람임에 틀림 없습니다. 내가 그이에게 물과 바꾸려고 내놓을 물건이 무엇인가 여러분은 아시오? (궁금하다는 듯이 가 나 다 마는 라를 바라본다) 그것은 태양이야! 그이가 나에게 물을 한잔만 준다면, 난 그이에게 태양 가운데 가장 빛나는 부분으로 일억 헤타를 넘겨 주겠어. 그이가 두 잔의 물을 준다면 난 태양의 동전만한 부분을 남기고 기꺼이 다 주겠어. 나는 한잔의 물로 내 목을 적시고 나머지 한잔은 저 여자에게 줄 테요. (라는 마를 가리킨다) 그리고 동전 한 잎만한 크기의 태양이면 충분해. 그것을 오색 실에 매달아서 저 여자의 상자 속을 밝히고 서로 사랑을 하겠어요.

나 허리에 꽃을 두르구?

라 물론이지요.

나 (환성을 지르며) 축하합니다.

라 고마워요. 나는 지금 내 생애 중 가장 행복합니다. 여러분들에게 내가 저 여자를 사랑한다는 것을 발표하지요. 내가 소금에 절인 정어리로 오해 받고선 내 통 속으로 들어가고 싶지 않더군요. 그래서 저 여자의 상자 속으로 들어갔습니다. 저 여자는 나를 거절하지 않았어요. 마음씨 고운 여잡니다. 불안하고 초조롭게 경보종이 울리는 동안 우린 서로 껴안고 있었어요. 그 어두운 상자 속에서도 저 여자의 몸은 부드럽고 따뜻했어요. (마에게) 당신도 나를 사랑하지, 여보? (마는 아무 말 없이 자기의 상자를 서너 번 두드리다 그만 둔다)

가 (라에게 악수를 청하며) 축하하오. 그런데 새 살림을 꾸미려면 그 좁고 어두운 상자 속에선 곤란하지 않겠소? 앞으론 아이들도 태어나겠구.

라 네. 아무래도 아파트를 얻어야 하겠지요.

나 이건 내 경험으로 말하는 겁니다만, 아파트를 얻으시려면 햇볕 바른 언덕 위가 좋아요. 신선한 바람이 잘 통하고 홍수가 나도 물에 잠길 염려가 없으니.

라 네. 나도 그런 곳에 아파트를 얻으려고 마음먹었습니다. 아내도 좋아할 거라 생각해서요.

다 강아지도 길러 봐요. 귀여운 놈으로 두 마리를. (가까이 라에게 다가와서 나지막한 목소리로) 혹시 당신이 저 여자의 아버지를 때

	려 죽인 원수가 아니신지?
라	(나지막한 목소리로) 천만에요. (평상의 목소리로 되돌아가) 나도 강아지를 기를 예정입니다.
다	당신은 열심히 일해야 하겠소. 새 살림에는 비용이 많이 듭니다. 많이 들지 않겠지만.
라	그럼요. 월요일 아침에 토요일 밤까지 나는 일할 각오가 서 있습니다.
다	(나에게 라를 가리키며) 이 사람은 게으르긴 하지만 아주 열심히 일할 것 같구먼.
나	나도 그런 느낌이 듭니다. (라에게) 하지만 너무 일에만 몰두하면 아내가 싫어해서 일주일에 하루 정도는 아내와 함께 …….
라	네. 일주일에 하루 정도는 외출을 할 것입니다.
마	(남자들이 모여 떠드는 것을 바라보고만 있다)
나	동물원 구경도 하시면서?
라	그럼은요. 동물원에도 가구.
나	코끼리를 보시겠군요.
라	그렇죠. 코끼리도 보겠지요.
나	어느 일요일 당신은 사랑하는 아내와 함께 동물원으로 코끼리 구경을 가려고 동그란 식탁에서 식사를 하는 중에 푸른 하늘 위에 떠 있는 한 마리의 하얀 비둘기 같은 폭격기를 볼 것입니다.
라	그럴 테지요.
다	이제 당신은 영락없이 죽게 되었소. 그럴 테지요와 그렇지 않을 테지요를 한꺼번에 말해야 하는 것인데.
나	그리고 시간이 흘러가면 사랑하는 아내는 낙원에서 허리에 꽃

을 두르고 당신을 기다리고, 당신은 그곳으로 가는 밀항선을 타시겠지요.

라   (침통한 표정이 되어 고개를 끄덕인다) 그럴 것입니다.

다   물이 마시고 싶지 않소?

라   (행복했던 표정은 사라지고 고통에 찬 목소리로) 목이 말라.

가   (나와 다에게) 왜 그를 괴롭히는 거요?

나   우린 그를 괴롭히지 않았어요. 처음부터 그는 목이 말랐었고 우리는 지금 제자리로 돌아가는 중입니다.

다   그저 이야길 하다 보니 제자리로 가는군요.

가   모두 함께 신탐라국으로 가고 있소. 그곳은 낙원이야.

가 나 다 라 침묵. 마는 그녀의 상자를 두드리다 그만 둔다.

라   (갈증에 타는 자기의 목을 두 손으로 껴안고 서성거리며) 목이 타. 그래, 우리들의 행동은 언제나 이렇지. 두려워 하구, 항상 제자리로 돌아가기만 하지. 목이 타는군! 나는 제자리로 돌아가고 싶지 않아! 지긋지긋해! 이젠 정말 행복하고 싶다구. 나는 선장에게 태양을 주러 가겠어. (라는 마의 앞을 지나다 멈춘다. 마에게) 난 당신을 사랑해. 온 마음을 다하여 사랑해요. (마의 어깨 위에 두 손을 얹는다. 마가 라의 고통스런 표정의 얼굴을 바라본다) 당신은 이 배를 탄 후, 단 한마디의 말도 하지 않았지만, 난 당신이 어떤 생각을 하고 있는지 다 알고 있어. 이젠 물 한두어 잔이란 아무런 의미도 가질 수 없다고 당신은 생각하고 있지. 맞아, 당신의 생각이 옳아. 나를 구할 수 있는 건 한두어 잔의 물이 아니야. 마시면 다시 갈증으로 되돌아가는 것을. 나는 더 이상 물을 원하지 않겠어. (마의 앞을 떠나 서성거리며) 목이 타는군! 그러나 난 지금 가장 행복해. 선장에게 아무런 대가도 요구하지 않고 태양을 주어도 좋아. 용기를 내어야지. 다시는 제자리로 돌아가지 않을 것을 시작해야겠어. (마에게 돌아와) 사랑하는 여보, 내가 무엇을 하려는지 이젠 알겠지? (마는 그녀의 상자 위에 앉아서 동상처럼 반응이 없다) 선장에게 태양을 주러 가겠어. 나를 믿어 줘. (가 나 다에게) 여러분들도 나를 믿어 주시오. 조금 있으면 다시 경보종이 울릴 거요. 난 상자 속으로 들어가지 않고 기다리다가 고함을 지르겠소. 다른 놈들의 귀에 내가 외치는 음성이 들릴 때까지 난 계속 고함을 지르겠소. 나를 잡아 선장에게 데려가겠지. 난 살려달라고 애원을 하지 않겠어. 그이를 만나서 빙그레 웃으며 태양을 아무 대가 없이 드린다고 말할 거요. (마는 계속 침묵을 지키고 있다) 물론 굉장한 용기가 있어야 그렇게 하겠지. (마에게) 그러나 당신이 나를 사랑한다면 용기쯤이야 얼마든지 낼 수 있어. (라는 마의 어깨를 붙들고 흔든다) 나를 사랑해! 어서 좀 사랑하시오. 사랑해 주오!

가   저 사람이 웬일이야?

라   (마에게 호소한다) 당신의 사랑만 있으면 나는 모든 것을 기꺼이 포기하겠어. 선장에게 줘 버리겠어, 처음부터 끝까지. 난 처음으로 되돌아가고 싶지 않아. 낙원의 나라로 가는 것도 그만 두겠어. 태양도 그이에게 주려는데, 낙원으로 가지 않는 것쯤은 아무렇지도 않아. 나는 행복한 사람이요. 여보, 다른 모든 것일랑 그이에게 돌려주고 난 당신의 사랑만을 갖겠소.

나   (라에게) 당신은 경보종이 울릴 때, 정말 상자 속으로 들어가지 않고 고함을 지르겠소?

라	(마의 손을 잡고) 그럴 테요.
다	(라에게) 여봐, 어쩌면 그렇게 당신은 융통성이라곤 있질 않소? 그럴 테요와 그렇지 않을 테요를 한꺼번에 말해야 하는 거요.
나	다른 놈들이 당신을 붙잡아 선장에게 데려갈 거야.
라	난 그이를 만나서 모든 것을 돌려 줄 겁니다.
가	당신을 바닷속에 처 넣을 거야.
라	그이가 원한다면 나 자신마저도 줄 것이요. (마를 가르키며) 비록 바닷속에서 죽을지언정, 나는 영원한 이 여자의 사랑이면 충분해요. (마에게) 나를 사랑하오?
마	(손으로 날갯짓을 해 보이다가 다시 침묵을 지킨다)
다	(라에게) 나에게도 무얼 좀 줄 수 없겠소? 선장에게만 다 주지 말구. 이를테면 당신의 가방같은 건 선장에게는 수십 개도 더 있겠지만 나에겐 단 하나도 없거든. 신탐라국에 도착하면 유용하게 쓰겠는데……
라	가방을 드리지요. (라는 가방을 다에게 준다) 태양도 그이에게 주는데 가방 하나 빠졌다고 날 나무라지는 않겠지.
다	그럼요. (가방을 받으며) 대단히 고맙소. 하지만 생각했던 것보다 낡은 가방이구먼.
가	나에게도 무얼 좀 주고 가면 좋겠소. 선장에겐 구두가 수백 켤레도 더 있겠지만 난 헌 구두가 단 하나뿐이니. 당신 구두는 윤이 잘 나는구먼.
라	(가에게 구두를 벗어 주고 맨발이 된다) 구두 한 켤레 빠졌다고 그이가 나를 힐책하진 않겠지요? 태양을 주는데 말요.
가	(구두를 받아 신으며) 물론이구 말구.
나	(라에게) 선장에겐 좋은 옷이 수천 벌도 더 있겠지만, 난 이런

누더기 같은 걸 입고 있어요. 낙원의 부두에서 아내가 허리에 꽃을 두르고 기다릴 텐데, 옷이 이래서 난 부끄럽구요.

라　어떻게 하면 좋겠소?

나　우리 서로 옷을 바꿔 입읍시다. 당신의 옷은 새 것 같군요. 낙원에선 좋은 복장이 필요해서요.

라와 나는 옷을 바꿔 입는다.

나　(자기의 헌 모자를 라의 머리에 얹어주며) 새 옷에 이런 모자는 어울리지 않으니 당신에게 드리지요.

라는 체구가 작은 나의 낡은 옷을 입고 맨발이 된다. 그의 모습이 우스꽝스럽게 보인다.

라　(마의 볼에 입맞추며) 당신에겐 사랑을 드리지요. 당신을 사랑하기 때문에 용기가 생긴 나는 비록 이 모양이 됐지만, 다른 남자들보다 용감한 사람이오. 마땅히 존경을 받아야 하고 여자에게선 사랑을 받아야 할 용감한 사람이라구. 경보종이 울리면 나는 고함을 지르겠소. 여보, 나를 사랑해야 하오.

마　(라의 얼굴을 바라보며 날갯짓을 한다. 라는 그 날갯짓이 무엇을 의미하는 것인지 이해할 수 없는 표정이다)

가　(라에게) 경보종이 울리거든 당신은 당신의 마음대로 하우. 하지만 우린 처음으로 돌아가는 중이니, 우리가 상자나 통 속으로 잘 숨은 뒤에 소리 질러요.

경보종이 울리고 적색 신호등이 번쩍거린다. 가 나 다 황급히 라와 작별의 악수를 하고 제각기 상자와 통 속으로 들어가 뚜껑을 닫아 버린다. 마도 그녀의 상자 속으로 들어간다.

경보종은 계속 요란하게 울린다. 신호등의 빨간 불빛이 점멸한다. 라는 서성거리며 가 나 다 마의 상자와 통들을 기웃거리지만 모두 뚜껑이 닫혀 있다. 라는 몇 번이고 소리를 지르려 노력하지만 두려움 때문에 입만 벙긋거리다가 그만 둔다. 이제 라에겐 소리를 지를만한 용기가 없어 보인다. 어깨를 늘어뜨리고 불안과 두려움에 떨더니 마의 상자 속으로 들어가려고 뚜껑을 열려 한다. 그러나 마의 상자 뚜껑은 단단하게 닫혀 있어 열려지지 않는다. 라는 마의 상자 앞을 물러나서 소금에 절인 정어리가 들어 있는 자기의 예전 통 속으로 들어가 몸을 숨긴다.

몇 분이 지나 경보종의 울림과 신호등의 번쩍임을 중지한다. 가 나 다 마 각자의 상자와 통 속에서 나와 그것들 위에 올라 앉는다.

가　(사방을 둘러보며) 그는 가버렸군. 용기가 있구 또 사랑을 할 줄 아는 행복한 남자였는데.

다　갔군요.

마　(손으로 날갯짓을 하다가 그만 둔다)

나　우린 낙원으로 갑니다. 아내가 허리에 꽃을 두르고 기다리며 있지요.

라는 통에서 나오지 않는다.

－막－

셋

· **나오는 사람들**

가 : 맹인

나 ; 맹인

다

예전에는 화려했으나 이젠 낡아빠진 옷을 입은 세 남자가 걸어온다. 그들의 얼굴 역시 햇볕에 그을리고 먼지에 뒤덮여 생기가 없어 보인다. 소경인 가와 나에 이끌리어 들어온 다는 기병총과 북을 가지고 있다.

가　여기에서 한번 해 볼까?

나　글쎄…… 난 서늘하게 그늘진 곳이 좋은데…… 여긴 너무 뜨거운 것 같군. (침을 뱉는다)

가　뭘 했어?

나　침을 뱉었어. 난 햇볕 속에 몸을 드러내놓으면 숨이 가뻐.

가　아들아.

다　네, 아버지. 제가 여기 있습니다.

가　침 뱉은 광경을 누가 보지나 않았는지 살펴 보렴.

다　사람들이 보고 있는데요.

가　그래?

다　여자들은 기둥 뒤에 몸을 반쯤 가리고, 남자들은 의자에 비스듬히 앉아서…….

가　그저 바라만 보고 있다는 거야?

다　네, 아버지.

가　우리가 나타나기만 하면 열광하던 놈들이 이젠 그늘 속에 처박혀서 곁눈질이나 한다? 우리에게 흥미가 없다는 거지.

나　(침을 뱉으며) 여긴 너무 뜨거워.

가　참아. 어딜 가도 마찬가지야.

나　거, 야채 도매시장 같은 곳도 있질 않어? 창고 그늘이 여간 시원하질 않던데. 상인들도 우리를 열렬히 맞이해 줄 테구…….

가	이젠 다신 그곳에 가질 못해.
나	왜 그래?
가	오늘 아침 썩은 무우들이 우리에게 던져진 곳이 바로 그 시장이거든. 우린 이미 지나왔단 말이야. 모든 곳을 다 지나왔어. 공원, 역전광장, 주식거래소…… 사람이 모일 만한 곳엔 다 간 거야. 이젠 이 도시의 어디를 가도 저 낡아빠진 놈에게 관심을 가진 사람이라고는 하나도 없어. (침을 뱉는다)
나	아들아.
다	네, 아버지. 제가 여기 있습니다.
나	모두 네놈 탓이라는 걸 알아 둬.
다	미안합니다, 아버지.
나	우선 앉고 싶은데…… 햇볕 속을 오래 걸었더니 숨이 가빠. 어디 앉을 만한 곳을 찾아 봐라.
다	네, 아버지.
나	저놈이 이번에는 죽어 주었으면 좋겠어.
가	진절머리나는 놈이야.
다	(팔을 벌려 자기 몸으로 그늘을 만들어 가 나를 인도해 앉힌다) 두 분 아버지, 여기 그늘이 있습니다. 앉으십시오.
가	아들아, 이번엔 꼭 죽어다오.
나	우린 새 아들을 고용하고 싶거든.
가	대답해 봐. 어때, 죽을 수 있겠어? 없겠어?
다	지금 아버지들께선 작은 느티나무 아래 앉으셨습니다. 이 조그만 그늘을 던져 주는 나뭇가지는 연초록색이구요. 파랑새가 알을 낳은 둥우리가 하나 얹혀 있습니다. 알이 몇 개나 있는지 헤아려 볼까요? (손가락을 하나씩 오므리며) 하나, 둘, 셋, 넷, 다

섯. 보석처럼 하얀 알이 다섯 개나…….

가   엉뚱한 소릴 하는군.

나   저놈은 항상 저래. 정신이 들도록 두들겨 패!

가나, 다를 때린다.

나   넌 너무 오래 살았어. 사람들이 네 얼굴에 싫증을 냈단 말이야!

가   자, 시작할 준비나 해.

다   네, 아버지.

다는 기병총을 가에게, 북을 나에게 준다. 사람들을 모으려고 북이 두 드려진다. 다는 춤을 추는 어릿광대 동작으로 기병총을 걸고 쏠 가 (架)를 설치한다.

가   (관객에게 정중히 인사한다) 부유하고 고상한 이 도시의 신사 숙 녀 여러분, 이미 잘 알고 계시겠지만 저희들은 이 도시의 자랑 거리인 셋 희롱꾼들입니다. (북소리가 나는 곳을 가리키며) 저 북 이 울릴 때마다 나의 아들이 앉았다 일어섰다를 반복할 것입 니다. 나는 여섯 걸음 떨어진 곳에 서서 이 기병총으로 아들의 머리를 향해 사격할 것입니다. 즉, 총알이 발사되는 순간 아들 이 일어설 경우 그의 머린 박살나는 거지요. 북소리가 문젭니 다. 아들이 그 소리에 맞춰 앉았다 일어섰다 할 것이니까요. 죽느냐 사느냐가 이 짧은 순간에 결정됩니다. (다정한 목소리로) 아들아, 여러분에게 인사 드려라. (다가 관객을 향해 절을 한다)

여기, 죽음의 총구 앞에서 전혀 두려워 하지 않는 남자가 있습니다. 이 남자는 우리 아들이 된 지난 일년 동안 하루 이십 번씩 그러니까 모두 칠천삼백여 차례 사격을 받았습니다. 그래도 죽질 않았어요. 오, 제발 죽어 주었으면……. 우린 얼굴이 신선한 새 아들이 필요합니다. 존경하는 신사 숙녀 여러분, 혹시 협잡이나 무슨 속임수가 있어 죽지를 않았는지 의아로워 하실 분을 위하여 먼저 풍선을 향해 쏘아 보이겠습니다. 아들아, 너 어디 있느냐?

다   (기병총이 걸린 곳에서 여섯 걸음 떨어진 곳에 선다) 아버지, 제가 여기 있습니다.

가   풍선을 불어서 네가 섰을 때 머리 위치에 들어라.

다   네, 아버지. (그는 풍선을 불어 손에 든다) 쏘십시요, 아버지.

총성. 풍선이 터진다.

가   신사 숙녀 여러분, 우리가 이러한 구경거리를 보여 드리는 것은 돈을 벌기 위해서가 아닙니다. 돈이라면 우리들도 얼마든지 있거든요. (나에게) 지갑 속의 돈을 보여 드려. (나가 돈지갑을 꺼내 열어 젖히고 그 속이 텅빈 것을 보여준다) 보셨나요? 돈 때문에 한 남자의 목숨을 희롱하려는 건 아니에요. 이것엔 보다 큰 목적이 있기 때문입니다. 정신적이고 위대하며 약간 교훈적인 것, 그것이 무엇인지 말하진 않겠습니다. 여러분이 잘 아시는 바로 그것이니까요.

나   옳거니!

가   짐승과는 달리 인간이란 그것을 위하여 생명을 거는 겁니다.

아들아, 총구의 겨냥을 네 머리에 맞춰라.

다   네, 아버지. (그는 겨냥을 정확히 맞춘다)

가   이번엔 살아있는 아들을 향해 쏘겠습니다. 여러분, 강요하는 건 아닙니다만 용감한 아들을 위해 두둑한 촌지가 있길 바랍니다. 그가 죽으면 장례식에 쓸 돈이 필요하거든요. (나에게) 북을 쳐!

나는 북을 두드린다. 처음엔 서정적으로 느릿느릿하게, 점점 이 소리는 빨라진다. 그 소리에 맞춰서 다는 앉았다 일어서길 반복한다. 어느 순간에 이르러 총성이 터진다.

가   북소리 멈춰! (다를 향해 엉금엉금 기어가서 그의 몸을 더듬는다)

나   어때, 이번엔 죽었겠지?

가   자네, 침을 뱉게.

나   왜?

가   이놈이 또 살았군.

나   퉤, 엠병할 놈의…….

가   (계면쩍은 표정으로 관객에게) 우리 아들이 또 살았습니다. 그가 여러분의 촌지를 걷겠습니다.

다   (모자를 들고 구경꾼에게 논을 걷으려 돌아다닌다)

군중   (소리) 우- 협잡이다!

나   저놈이 맞아 죽도록 잘 쏘지 그랬어?

가   자네 책임이야. 자네가 북을 조금만 짧게 쳤거나 아니면 길게 쳤더라도…….

나   내 탓은 아니래도 그러는군. 자네가 좀더 빨리 쏘았거나 좀 늦

게 쏘았어야 했어

가 저놈의 운이야. 우린 저놈의 악착스런 행운에 미치고 말겠어.

나 구경꾼들의 반응도 냉담하잖아?

가 그들도 시시하게 생각할 테지. 우리가 짜고 그런 거라구. 일주일에 두 명 꼴로 아들들이 죽어가던 그때 우리의 명성은 드높았는데…….

나 굉장한 돈두 벌었지.

가 오우, 그런데 이게 무슨 꼴이람.

나 자꾸만 아들을 바꿔야 해. 구경꾼들은 새로운 표적물의 얼굴을 좋아 하거든.

가 저놈이 죽어 주어야 말이지.

다가 돈을 걷어온다.

다 아버지, 돈을 걷어 왔습니다.

나 우리 둘의 손바닥 위에 쏟아봐.

다는 모자를 거꾸로 턴다. 동전 몇 닢이 가와 나의 손 위에 떨어진다.

나 (비꼬듯이) 오, 손이 무거워.

가 (동전을 헤아리며) 동전 세 개뿐이야…… 저 낡아빠진 놈 때문에 모욕을 당하는군.

나 동전 몇 푼을 구걸하러 다니는 줄 알잖아? (만져보다가 내던진다) 사람을 놀려도 이만 분수지!

다 아버지, 다시 한번 시작해 주십시오. (총구에 이마를 댔다가 일직

선으로 여섯 걸음 물러나서) 아버지, 북을 치세요.

가　(관객에게) 신사 숙녀 여러분, 생과 사의 갈림이 일순간에 벌어
집니다. 결코 협잡이란 있을 수 없어요. 우리들의 진실을 믿어
주시오. (다는 북소리에 맞춰 앉았다 일어섰다를 반복한다. 총성, 북
소리 중지. 가와 나는 이번에야말로 다가 죽은 줄 알고 기뻐한다)

다　아버지, 제가 또 살았군요.

가, 나　뭐라구? (다에게 기어가서 그의 몸을 더듬는다)

다　미안합니다, 아버지.

군중　(소리) 사기꾼이다! 협잡이다!

나　사람들은 네가 죽지 않는 꼴을 참다 못해 우리까지 협잡꾼들
이라 욕설을 퍼붓고 있다. 오늘 아침엔 어땠지? 썩은 무우를
우리들에게 내던졌어.

다　아버지, 그건 제 탓이 아닙니다.

나　네 탓이 아니라구?

다　네, 아버지.

나　(가에게) 어때, 기가 막히지?

가　(다를 때리며) 넌 이제 우리 아들이 아냐. 당장 꺼져!

다　아버지, 때리시는 건 얼마든지 맞겠습니다. 그러나 제발 내쫓
지는 마십시오. 저는 아버지의 마음에 들도록 최선을 다했습
니다. 거짓이 아닙니다. (눈물이 흘러 내린다) 왜 항상 이런 결과
가 되는지 저도 모르겠어요.

가　(때리며) 어서 꺼져! 너 아니더라도 아들은 얼마든지 있어.

나　(다를 한갓진 곳으로 데리고 가서) 무덥구나! 아들아, 너 살고 싶
지?

다　네, 살고 싶습니다.

나	물론 그럴 테지. 사람이 죽어 땅속에 묻히면 그만이야. 그래서 하는 말인데 너하고 타협을 하자구나. 아들아, 생각해 보렴. 지난 일년은 네가 살기에 너무 긴 시간이었어. 이제 우린 네가 필요 없다. 그런데 넌 계속 살구 싶어 하구. 자, 우리가 모르는 척 할 테니 달아나거라. 넌 앉았다 일어섰다 하길 반복해서 다리는 튼튼할 거야. 그렇지?
다	네, 아버지. 제 다린 튼튼합니다.
나	좋아. 넌 달리는 거야. 힘껏 달려 이 도시를 빠져 나가려므나. 그리고 다시는 돌아오지 않으면 되는 거야. 어때?
다	(그는 움츠리고 앉아서 땅에 손가락으로 무엇을 극적거리며 생각한다)
나	아들아, 왜 말이 없느냐?
다	아버지, 저는 달아날 수 없습니다.
나	왜 못한다는 거야? 넌 살고 싶다면서?
다	아버지, 고백합니다만 저는 이 도시 출생이 아닙니다.
가	그놈이 뭐래?
나	우릴 속였어. 이 도시 출생이 아니라는군.
다	아버지, 저는 이 세상의 뒷쪽에서 왔습니다. 그곳에서 저는 어부였습니다. (머리를 흔들며) 그런데, 어느날 갑자기 그물을 내던지고 달아나야 했습니다. 저는 다른 도시에 가서 국민학교 교사가 됐었지요. 그러나 얼마 안가서 또 달려야 했습니다. 또다른 낯선 도시에서는 식물원의 수위를 했죠. 한 곳에 정착하고 싶어 열심히 일했습니다만, 저는 건축기사, 가구판매원, 대서소 서기, 연돌 수리공이어야 했습니다. 앉았다간 일어서고, 일어섰다간 앉는 것, 그런 일상생활들을 제가 왜 도망쳐야 했는지…… 아버지, 저는 이제 머물러 쉬고 싶습니다. (주위를 둘

러보며) 아버지, 이 도시는 제 고향과 같은 느낌이 드는군요. 이 대낮의 뜨거움이라든지, 맑게 개인 하늘, 하얗게 빛나는 언덕, 연초록색 느티나무, 그 옛날 보아둔 둥우리에 알은 여전히 다섯 개…….

나 　달아나라는 내 호의를 받아들일 수 없다는 거냐?

다 　네, 아버지.

나 　(침을 뱉으며) 아, 무덥구나.

가 　(다를 때린다) 도망가지 않는다면, 좋아, 두들겨서 쫓아낼 테니!

다 　아버지, 이번엔 꼭 아버지의 뜻대로 되도록 하겠어요. 소원이니 다시 한번 시작해 주십시오. (총구에 이마를 대었다가 일직선으로 여섯 걸음 물러나) 아버지, 북을 치십시오.

북소리. 다의 일어섰다 앉았다 반복. 총성.

가 　(관객에게) 만족하셨습니까, 신사 숙녀 여러분?

나 　우리의 낡아빠진 아들이 죽었습니다.

가 　그의 이마에 흘러내리는 피를 보십시오.

나 　두둑한 촌지를 바랍니다.

가 　곧 장례식이 시작되지요.

나 　정중히 모자를 벗으십시오.

가 　우리의 새 아들을 맞이합시다.

군중 　(소리) 우- 사기다! 협잡이다!

다 　미안합니다. 아버지. 제가 또 살았습니다. (모자를 벗어들고 구경꾼에게 다가가서 기어드는 음성으로) 돈을 걷겠어요.

군중 　사기꾼이다!

가   (땀을 씻으며) 지독한 놈이야!

나   (침을 뱉는다) 기억하지 마. 말끔히 잊어.

가   이젠 그놈도 염치 없을 테니까 되돌아 오진 않겠지. 새로운 아
        들이나 뽑기로 하자구.

        두 사람은 각자의 호주머니를 뒤져 수많은 이력서를 꺼내 놓는다.

가   아들을 지원하는 뭇놈들의 이력서야. 자, 이번엔 어떤 놈을 우
        리 아들로 정할까?

나   경품권 추첨처럼 한 장 뽑지 그래?

가   내가 뽑아?

나   응.

가   지난번엔 내가 했더니 그런 지독한 놈이 걸렸잖아?

나   그럼 내가 뽑기로 하지. (이력서 중에서 한 장을 집어올린다) 자,
        우리의 새 아들이 결정됐어. 그런데 이름을 읽을 수가 있어야
        지?

가   그렇군. 지나가는 행인에게 부탁하라구.

        다가 모자를 들고 온다.

나   (발자욱 소릴 듣고) 여보시오. 이력서에 적힌 사람 이름 좀 읽어
        주시오.

다   (이력서를 받는다) 아버지 ……

나   (경악한다) 윽—

가   네놈이 또 왔어?

다   손을 펼치시고 건 것을 받으십시오.

가와 나가 손을 펴자 다는 모잘 거꾸로 턴다. 동전 한 잎이 떨어진다.

나   내 손 위에 동전 한 잎이야. 자넨?

가   (어처구니 없다는 듯이) 자네가 직접 만져보게.

나   (가의 손바닥을 더듬더니) 아무 것도 없잖아?

가   저놈의 가슴에 직접 총을 대고 쏘아버리는 것이 어때?

나   (침을 뱉으며) 퉤, 그건 살인 같구면.

가   흠씬 때려서 쫓아 버릴까?

나   다시 기어들어 오는 걸.

가   이럴 수도 저럴 수도 없다면 어떻게 하겠다는 거야, 이 더위 속에서?

나   (침을 뱉으며) 무덥구면. 숨이 가뻐.

가   (더듬어 기어가서 다의 몸을 붙들고) 아들아, 넌 덥지도 않니?

다   왜요, 덥죠. 저는 시뻘겋게 끓어오르는 해를 보고 있습니다.

가   그래, 넌 너의 두 눈으로 그것을 본다. 자, 말해 보아라. 어떻게 하면 좋겠느냐?

다   어떻게 했으면 좋을지 저도 모릅니다.

가   (부르짖는다) 네 두 눈에 맹세코 우린 네가 죽기 전엔 결코 이 자리를 뜨지 않겠다. 자, 제자리에 가 서!

나   내 북을 줘.

가   틀림없이 총구 앞에 섰어?

다   네, 아버지.

나   내 북소리에도 잘 맞춰 줘!

다　네, 아버지. 잘 맞추겠습니다.

나　아이구, 그걸 어떻게 믿어?

다　믿으십시오, 아버지.

북소리가 울리고 다는 앉았다 일어섰다 하길 반복한다. 총성. 북소리가 멈춘다. 가와 나, 다의 죽음을 확인하려 더듬어 간다.

다　(침묵을 깨기 두려워 하며) 아버지, 제가 또 살았습니다.

가　그 자리에 멈춰 있어, 겨냥을 바꿀 테니. 일어섰을 때의 네 머리가 아니라 이젠 앉았을 때의 머리다. 네가 섰거나 앉거나 몸 어딘가에 맞겠지.

나　여보게, 그건 살인이야. 묘기를 부리다가 잘못 실수해서 죽은 것 같이 처리해야잖어? (다에게) 구경꾼에게 돈을 걷어오너라.

다　네, 아버지.

그는 모자를 들고 구경꾼을 향해 걸어간다.

가　그까짓 몇 푼의 동전⋯⋯.

나　형식이야, 형식. 이런 형식을 갖춰야 저놈이 죽어도 우리에겐 책임이 없지.

다　아버지, 제가 돌아왔습니다. 손을 펴십시오.

두 사람이 손을 내밀자 다는 모자를 턴다. 동전 한 잎도 나오지 않는다.

가	내 손엔 아무 감촉도 없군. 자네 손엔?
나	내 손에도 없어.
나	이젠 너도 알 거야. 구경꾼이 싫증난 놀이에 얼마나 냉담한가를. 그래, 네 입으로 구경꾼의 표정이 어떠한지 말해 보렴.
다	(관객을 바라보며) 표정이오? 표정…… 없어요.
가	그렇다. 빨리 끝내자.

또다시 북소리. 그것에 맞추어 앉았다 일어섰다 동작 반복. 사격. 죽음을 확인하러 다가가는 가와 나. 살아있음을 알리는 다의 음성. 사기다, 협잡이다 외치는 군중들. 여러 차례 똑같은 것이 되풀이된다. 다의 살아있음에 재확인될 때마다 우스꽝스러움이 고조되고, 가와 나의 다에 대한 증오는 더욱 더 잔인해진다.

다	아버지, 제가 또 살았습니다.

세 사람은 기진맥진해서 주저앉는다. 다가 모자를 들고 비틀거리며 일어선다. 그는 관객에게 모자를 내민다.

군중	(소리) 사기다! 협잡이다! 죽어라! 죽어!
다	(주저앉는다. 모자를 두 다리 사이에 놓고 그 속에 손을 넣어 담은 채 오랫동안 생각한다. 그는 다시 비틀거리며 일어선다) 아버지, 손을 펴십시오.
가,나	(손을 내민다)
다	(모자를 뒤집어 털며) 아버지, 저를 드립니다.

다는 총구에 이마를 댔다가 여섯 걸음 뒤로 물러난다.

다   북을 치세요, 아버지.

북소리. 다는 앉았다 일어섰다 하는 동작을 하지 않는다. 총성. 부동자세로 꼿꼿이 서 있던 그는 이마의 한복판을 관통 당하고 쓰러진다. 잠시후, 북소리가 멈춘다.

가   지긋지긋한 놈, 또 살았겠지!
나   물론이구 말구. (침을 뱉으며) 아, 무더워!

–막–

알

· 나오는 사람들

왕

박물관장

시민 가

시민 나

시민 다

시민 라

군중들(소리)

서막(序幕)

시민 가 (관객들에게) 안녕하십니까, 시민 여러분. 이 무대는 박물관입
니다. 정확히 말씀 드리자면 구석기 시대 유물 전시실이지요.
박물관의 전속 실내 장식가는 보시는 바 이렇게 꾸며 놓았습
니다. 기둥은 구름으로 만들었고, 벽은 공기, 문은 바람으로,
천정은 햇빛, 모두 그 옛날의 재료를 썼다고 합니다. 여기, 같
은 재료로 만든 의자가 무대 한가운데 놓여 있고, 출입구는 좌
우 양측에, 진열장은 벽면을 차지했습니다. 돌로 만든 그릇,
도끼, 장신구 등 옛 석기 시대 물건들이 진열장 속에 가지런히
놓여져 있지요. 그러나 전문가가 아니면 이 물건들 중 어느 것
이 그릇이며 어느 것이 도끼, 어느 것이 몸을 꾸며 주는 장신
구인지 구별하기 불가능합니다. 구석기 시대 유물들의 공통적
특징이라면 모두 흔해빠진 자갈이나 바윗돌처럼 보인다는 점
인데, 이 도시의 어디에나 그런 돌들은 널려 있거든요. 시민
여러분들이 고고학적 지식을 갖추신다면, 바로 이것이 물고기
를 지져 먹던 냄비이구, 마당에 깔린 것들이 살육을 감행한 도
끼며, 저쪽 길가의 조약돌이 사실은 숙녀용 귀고리라는 걸 아
시게 될 것입니다. 시민 여러분, 이 도시 전체가 구석기 시대
의 박물관입니다. 그리고 우리들은 이 도시에서 수많은 원시
인(原始人)들을 만나게 됩니다. 그들은 반쯤 화석이 되었으나
아직도 살아 숨쉬고 있으며, 우리들과 똑같은 행동을 하고 있
죠. (그가 말하고 있는 가운데, 오른쪽에서 미이라들이 운반되어 나온

다. 즉 뻣뻣하게 굳은 사람 하나를 운반인 네 명이 떼메들고 와서 무
대에 세워두는 것이다. 운반인들은 다시 퇴장했다가 동료 한 사람을
미이라로 만들어 옮겨 온다. 운반인은 세 명으로 줄어든다. 이런 식으
로 옮겨진 미이라들은 일렬로 나란히 세워져서 부동자세를 취하고 있
다. 그들의 의상은 현재 유행하고 있는 스타일이다) 한 사람이 부족
한데요. 이 도시는 여섯 구(區)로 이루어져 있으니까, 한 명의
대표가 더 나와야 합니다. 아차, 깜박 잊고 있었군. (맨끝에 가
서 부동자세로 선다) 나 역시 원시인이죠.

미이라들 (관객들에게 인사한다) 이 도시와 여러분을 대표하여−

시민 가 시민 가입니다.

시민 나 (차례대로) 시민 나예요.

시민 다 시민 다.

시민 라 시민 라입니다.

시민 마 시민 마라고 합니다.

시민 바 시민 바입니다.

시민들 이 도시와 여러분을 대표하여−

시민 가 우리들은 임금님을 선출하기 위해 모였습니다.

시민 나 무서운 공룡(恐龍)으로부터 시민을 보호해 주실 분.

시민 다 시민들이 공룡과의 싸움에 목숨을 걸고 보호해 드려야 할 분.

시민 라 그런 분을 우린 임금님이라 부르기로 하였습니다.

시민 마 그럼 누가 우리들의 임금님이 되시겠습니까?

시민 바 내가 되지요.

시민들 (서로다투며) 내가 되겠어요.

시민 가 아닙니다. 이렇게 많은 임금님은 필요하지 않습니다. 여기 버
드나무가 있군요. 이 버들가지를 꺾어서 왕관을 엮는데, 가장

어여쁘게 만든 사람을 우리 임금으로 뽑으면 어떨까요?

시민들 그것 좋습니다.

시민 가 (손에 쥔 여섯 개의 버들가지를 내밀며) 버들가지를 엮으십시오.

시민들은 버들가지를 엮어 왕관처럼 머리에 쓴다. 그들은 서로를 비교해 보다가 마의 것이 가장 잘 되었음을 인정한다.

시민들 (마에게) 당신 것이 가장 멋있습니다.

시민 바 잠깐 기다려요. 이 끝을 저쪽으로 교묘히 휘어 두루면 내 것이 최고일 테니…… (버들가지가 부러진다) 아차, 부러져버렸군.

시민 가 너무 멋을 부리려니까 부러진 겁니다.

시민 바 (분한 듯이 부러진 버들가지를 내던진다)

시민들 (마에게 경배한다) 당신은 오늘부터 우리들의 임금님입니다.

시민 바 임금님, 저를 박물관장으로 임명해 주십시오. 저는 이 버들가지들을 줏어다가 박물관에 진열하여, 오늘을 증거로 남기겠습니다.

왕(마) 그대를 박물관장으로 임명하오.

박물관장(바) 감사합니다. (땅에 흩어진 버들가지를 줏어 손에 쥔다)

그들은 미이라로 다시 돌아가서 일렬로 나란히 부동자세를 취한다. 가만을 남겨두고, 엷어지는 그림자처럼 그들은 사라진다.

시민 가 시민 여러분, 원시인들의 회합 장면을 보시고 어떤 느낌이 드셨는지요? (그가 관객들의 의견을 들으려고 귀에 손을 모아 앞으로 내미는 순간 괴물의 거대한 울부짖음이 들린다. 뒤이어 군중들의 함성이 진동한다) 이크, 숲속에 있던 공룡이 성문을 부수고 들어온 것 같습니다. (그는 돌도끼를 휘두른다) 용감한 시민들이여, 돌격하라! 멋진 모자를 쓴 우리 임금을 보호하라! (함성은 그치고 주위는 고요해진다) 휴유─ 시민 여러분, 안심하십시오. 고요해진 걸 보니 공룡은 격퇴 되었습니다. (그가 이마의 땀을 씻고 있는데, 다시 함성이 들린다. 증기기관의 굉음이 위협적으로 들려온다) 공룡이다! 시민들이여! 두려워 말라! 멋진 모자를 쓴 우리 임금님을 사수하라! (고요해진다) 공룡은 꼬리를 잘리고 도망갔습니다. 성문 밖 숲속에 사는 공룡들 때문에 하루도 편안한 날이 없습니다만, 습관이 되고 보니…… (갑자기 원자폭탄이 터지는 것 같은 거대한 폭음이 들리고 군중들의 함성이 잇따른다) 무찔러라! 돌도끼를 던져라! 멋진 모자를 쓴 우리 임금을 수호하라! (고요) 이번엔 굉장히 큰 공룡이었습니다. 시민들은 그놈을 숲속으로 몰아 넣었지요. (인공위성이 우주 공간을 나르는 듯한 음향이 들려온다. 군중들의 함성) 공룡이다! 공룡! 국력을 총동원하라! 멋진 모자를 쓴 우리 임금을 지켜라. (고요해진다. 그는 지쳐서 흐느적거린다) 시민 여러분, 우리들의 일상생활이란 공룡과의 투쟁이라고 할 수 있습니다. 그러나 우리가 공룡으로부터 무엇인가를 지켜내고픈 목적이 없었더라면, 아마 우린 이 투쟁에서 패배했을 겁니다. 멋진 모자를 쓴 임금, 시민들은 그의 명령에 의해서가 아니라, 그의 멋진 모자를 지켜 주고 싶었기에 목숨을 걸고 싸운 것입니다. 원시인들이란 참 단순하기도 하지! 그럼 여러분이 사랑하는 멋진 모자를 보여드리겠습니다. 조명 기사, 스포트 라이트를 좀. 임금님, 모자를 보이십시오.

왕   (등장하여 그의 머리에 쓴 것을 관객들이 잘 볼 수 있도록 제자리에서

한바퀴 돈다)

시민 가   (박수를 치며) 시민 여러분, 조금도 파손되지 않았음을 기뻐해

주십시오.

제1막

시민 가 (관객들에게) 지금은 우주가 생긴 지 삼억오천만 번째의 황혼입
　　　　니다. 우리들의 임금님은 여기 의자에 앉아 계시구요. (왕에게)
　　　　전하, 곱고 고운 노을이군요. 악기를 가져다 드릴까요? (왕은
　　　　고개를 가로젓는다. 멀리서 점점 다가오는 고함소리) 또 공룡이군!
　　　　(소리 나는 방향에 귀를 기울이며) 박물관이 있는 거리 쪽에서 들
　　　　려오는데- (돌도끼를 휘두르며) 나도 달려가 봐야겠습니다. (퇴
　　　　장)

　　　　시민 대표 네 명이 겁에 질린 박물관장을 강제로 이끌고 들어온다. 옷
　　　　이 찢기고 타박상을 입은 박물관장은 얼이 빠진 모습이다. 박물관장
　　　　은 분노한 시민들의 손에서 달아나려 몸을 빼다가도 커다란 상자(箱
　　　　子)를 들고 가려 하기 때문에 다시 붙들리곤 한다. 시민들이 상자를
　　　　빼앗아 왕 앞에 놓는다.

시민들 전하-.
왕 또 공룡이 나타났소?
시민들 아닙니다. 아침에 한번 나타나고선 지금은 잠잠하군요.
왕 그럼 저 군중들의 고함소린 무엇인가?
시민들 군중들은 다만 한 도둑을 처벌해 주십사 간청하러 온 것입니
　　　　다.

박물관장이 달아나려다가 시민들에게 붙들린다.

시민들   (박물관장의 얼굴을 돌리어 왕에게 보이며) 전하, 바로 이 자가 저희들이 처형을 요구하는 도둑입니다.

왕   아니, 그대는 박물관장이 아닌가?

박물관장   (몸을 떤다) 그렇습니다.

왕   박물관장은 학식이 높은 분이다. 그런 그가 뭘 훔치는 따위의 치사스런 짓을 할 리가 없다. 어서 그를 놓아주라.

박물관장   아닙니다, 전하. 저를 두둔하지 마십시오. 저는 오직 박물관에서 뭘 훔쳐낼까 궁리만 했었습니다.

왕   그대는 박물관의 진열품들을 늘려 오지 않았소?

박물관장   자질구레한 물건들은 모아 들여 신뢰를 받고, 기휠 보아 큰 것을 훔치려 하였습니다.

시민 나   전하, 저희 시민들이 바로 그 큰 것을 훔치는 현장에 있었습니다.

시민 다   이 상자 속에 넣어 가지고 달아나는 걸 붙잡았지요.

시민 나   저희는 이 자가 여권을 위조한 사실도 알아냈어요.

시민 라   국가의 귀중한 문화재를 해외에 팔아 자기 배를 채우려는 매국노입니다.

군중들   (소리) 박물관장을 시민의 손에 넘겨라!

박물관장   황공합니다, 전하. 이렇게 저의 죄가 명백한 만큼 저를 분노한 군중들에게 넘겨 주십시오. 그러나 이 상자만은 절대로 열어 보지 않는 것이 전하를 위하여 좋을 겁니다.

왕   나에게 좋을 거라니?

시민들   (분노하여) 그럼 임금님을 위하여 도둑질을 했단 말인가?

시민 나 도대체 말도 안되는 소릴 하구 있군!

시민 라 (돌도끼를 치켜 들고) 직접 그 상자 속의 물건을 꺼내 놓지 않으면, 나는 너의 도둑질한 그 수치스런 손을 잘라버리겠다.

박물관장 (떨면서 손을 내민다) 차라리…… 내 손을…….

시민 가 (돌도끼를 내려친다)

박물관장 (돌도끼가 닿기 전에 얼른 손을 움츠리며) 아니, 내가 꺼내 놓겠어요. (그는 상자 속에서 크고 하얀 알을 꺼내 왕 앞에 놓는다) 전하, 전하를 위하여 바로 이 알을 훔쳐 달아나려 했던 것입니다.

시민들 의외의 물건이 나오는군요.

왕 (어이없다는 듯이) 박물관장, 그대는 겨우 타조 알 하나를 훔쳐 달아나려 했던가?

박물관장 전하, 타조 알은 이 알보다 작습니다. 이 알은 지금이 두 자 세 치나 됩니다. 단순히 크다는 것만으로서도 이 세상에 그 유례가 없기 때문에 저의 관심을 사로잡은 건 당연하지요. 그런데다 이 알에 대한 저의 조사 결과에 의하면, (그는 상자 속에서 남녀 전신상(全身像)이 그려진 대형 두루마리를 꺼내 벽에 건다) 바로 이 사람들이 생존시에 알을 낳았음이 확인되었습니다. 이 벽화 속의 남녀 미이라 역시 알과 함께 발견된 것인데, 박물관의 구석기 시대 전시실에 가시면 실물로써 보실 수 있습니다.

　　　왕과 시민들은 농담이라도 듣고 있는 표정이다. 박물관장을 넘겨 달라는 군중들의 고함소리가 높아진다.

시민 다 나는 원시(原始) 생물학을 전공했습니다. 아니 꼭, 생물학을 전공하지 않은 사람일지라도 상식적으로 인간이 알을 낳을 수 없다는 것쯤은 알고 있어요.

박물관장 조금 후에 나는 군중들에게 던져져서 죽을 사람입니다. 그런 내가 쓸데없는 말을 하구 있다고 생각하십니까?

시민 다 글쎄…… (망설이다가) 설혹 저 미이라들이 생존시에 알을 잉태했다 합시다. 그러나 분만할 수는 없을 거예요. 저 알만큼이나 커다란 물체를 분만할 경우, 산모(産母)의 골반 뼈는 산산조각으로 부서지질 않겠어요?

왕 그 말이 옳은 것 같군.

박물관장 (상자 속에서 뼈 조각들을 꺼낸다) 전하, 이것을 보십시오. 여 미이라의 하반신 뼈 조각들입니다. 골반 뼈 조직의 파괴를 짐작하실 수 있으시겠지요.

왕 (뼈를 받아 보며) 아, 이렇게 비참한 파괴를 면할 방법이 없었더란 말인가?

박물관장 고대 의학은 겨우 주문을 외우는 게 고작이거든요.

왕 (뼈를 시민들에게 주며) 시민들도 보라. (벽에 걸린 두루마리를 가리키며) 저 미이라들의 신원은 밝혀냈소?

박물관장 황공하오나 아직 알아내지 못했습니다. 그러나 우아한 얼굴과 전신에 넘치는 품위로 미루어 보아 고귀한 가문(家門)의 사람들이었다고 추측됩니다. 저 남녀가 부부였음은 증거가 있어 알 수 있는데요, 몸에 남긴 흔적, 즉 혼계(婚契)를 한 문신을 보십시오. 남녀 서로의 무늬와 크기가 같습니다.

왕 (알 위에 손을 얹으며) 그렇다면 도대체 이 알은 무엇인가?

박물관장 (입을 다물고 열지 않는다)

군중들 (함성이 높아진다)

왕 말하라.

박물관장 전하, 이젠 죽어도 말 못하겠습니다.

군중들 (궁전에 곧 밀어닥칠 듯이 가까운 곳에서 함성이 일어난다)

박물관장 (시민들에게) 자, 나를 데려가시오. (왕에게 작별 인사를 한다) 멋진 모자를 쓰신 임금님, 부디 평안하시옵기를. 알에 대해선 더이상 묻지 마십시오. 제가 전하를 위해서 이 알을 훔쳐 달아나려다 그만 발각되어 죽기는 합니다만, 그 까닭이 영원히 밝혀지지 않더라도 결코 섭섭하게 여기지는 마십시오.

왕 그대는 호기심을 잔뜩 부풀리어 놓곤 죽겠다고만 하니, 내 마음이 답답하구나.

시민들 저희들 역시 같은 심정입니다.

박물관장 (시민들에게 달라붙듯이 몸을 맡기며) 어서 나를 데려 가!

시민들 (박물관장을 왕 앞으로 밀어보내며) 전하의 궁금증을 해소하여 드리고 데려가도 늦진 않소.

박물관장 (다시 시민들에게 달려들며) 글쎄, 전하를 살리는 길은 내가 아무말도 않구 죽는 것밖엔 없다니까.

시민 나 당신 목을 비틀기 전에 어서 말씀 드려!

박물관장 (목을 길게 뽑아 내밀며) 차라리 내 목을 비트시우.

시민 나 (성난 그는 박물관장의 목을 움켜잡으려 손을 뻗친다)

박물관장 (나의 손이 닿기 전에 살짝 빠져나오며, 무섭다는 듯이 고개를 절레절레 흔든다) 아니, 말씀드리지요. 하지만 그 결과에 대해선 강제로 내 입을 연 당신들이 모든 책임을 져야 합니다. (그는 알 앞에 다가가더니 무릎을 꿇고 정중하게 절을 한다) 이 알 속에는 위대한 임금님이 웅크리고 앉아 계십니다.

왕 위대한 임금이라니?

박물관장 시민 여러분, 고구려의 왕 주몽은 어디에서 태어났습니까?

시민들   알에서 태어났지오.

박물관장   그럼 신라의 왕 박혁거세는?

시민들   그야 알에서죠.

박물관장   그 두 분 임금의 공통점은 무엇일까요?

시민들   두 분 다 알에서 태어나셨습니다.

박물관장   (박수를 치며) 여러분의 정확한 역사 지식에 경의를 표합니다. 그래요, 여러분이 잘 맞췄듯이 그 임금님들은 알에서 부화하셨습니다. 그리고 그분들은 나라 다스리기 지혜로우셨으며, 백성을 사랑하기 지극하셨습니다. 즉, 그 두 분은 인간이 아니라 알에서 깨어난 특별한 분이기 때문이죠. 그렇다면 우리 경우는 어떤가요? (알을 가르키며) 바로 여기 우리의 몫이 놓여 있습니다.

왕   그런데……. 왜 이제야 알아 나타났을까?

박물관장   전하, 저도 잘 모르겠습니다만, 아마 우리 몫인 이 알은 하늘님이 만드시기에 다른 알보다 더 정성을 기울인 것 같습니다. 예술가에게서 흔히 볼 수 있듯이, 더 완벽한 작품을 만들려고 시일이 오래 걸리다 보니 늦어진 건 아닐까요?

시민 라   (두루마리를 가리키며) 사람이 미이라 꼴이 됐으니, 알인들 곯아 썩지 않았을까?

박물관장   천만에요. 낳은 때와 다름없이 싱싱하게 살아 계십니다.

시민들   (경악하며) 네에? 살아 계신다구요?

박물관장   위대한 임금님이 될 알이 그리 쉽게 썩을 리가 있나요. 단단한 석회질의 껍질 속에 신선하게 유지되어 있습니다.

왕   오, 지금도 살아 있다?

박물관장   그렇습니다, 전하.

왕　　　　그럼 부화할 수 있단 말이오?

박물관장　물론 할 수 있습니다. 고구려 신라의 알들이 그랬듯이, 맑게
　　　　개인 날 이른 아침부터 해질 무렵까지 햇빛을 쬐이면 부화됩
　　　　니다.

왕　　　　(의자에서 벌떡 일어나 환성을 지른다) 오, 그런가! 내일 날씨가 어
　　　　떻게 되는지 알고 싶구나!

박물관장　여기 기상 관측용 기구가 마련되어 있는 줄 아룁니다. (상자 속
　　　　에서 돌로 만든 풍향계 비슷한 물건을 꺼낸다. 그 물건의 중심엔 실이
　　　　매달려 있어 그가 실 끝을 들자 빙그르 돈다) 일기예보를 발표하겠
　　　　습니다. 내일 날씨, 남서풍이 불고 하루종일 구름 없이 맑겠
　　　　음!

시민들　　아, 내일 밤엔 위대한 임금님을 뵐 수 있겠구나!

박물관장　쳇! 시민들은 이 알의 부화를 쉽게 생각하는구먼.

시민 라　쉽지 않을 게 뭐요, 맑은 날 햇빛만으로 부화될 수 있는 것을?

박물관장　혹시 당신은 바닷가에서 거북이 알을 본 적이 있어요?

시민 라　네, 보았었습니다. 그런데 갑자기……?

박물관장　아, 그저 물어 본 겁니다. 그 거북 알 역시 햇빛만으로 부화된
　　　　다고 하더군요. 그러나 위대한 임금님이 웅크리고 앉아 계시
　　　　는 저 알의 부화는 (왕을 힐끗힐끗 바라보며, 낮은 목소리로 시민들
　　　　에게) 그리 간단한 건 아닙니다. 생각해 봐요, 한 나라에 어찌
　　　　두 임금이 있겠습니까? (애석한 표정으로 알을 가리키며) 우리들
　　　　은 저 알 속에 위대한 임금님이 계시다는 것을 뻔히 알면서도
　　　　생존하신 전하 때문에…… 그러니 내가 뭐랬습니까? 차라리
　　　　아무말 않고 죽어 버리겠다고 했을 때 받아들였더라면 당신들
　　　　맘이나 상하지 않았을 텐데. 그러나 이왕 말이 나온 김에 하는

겁니다만, 사실 저 알 속의 임금님 능력은 굉장하거든요. 전지전능(全知全能) 바로 그거예요. 지금 우리는 끊임없이 공룡들의 침입을 받고 있는데, 연약한 현재의 임금으로선 도저히 이런 위기를 해결할 수 없습니다. 그러나 알 속의 임금님에겐 반나절의 일거리 정도에 지나지 않아요.

시민들과 박물관장은 둥그렇게 한 덩어리로 모여서 목소리를 낮추어 속삭인다. 왕만이 갑자기 따돌림을 받는 느낌이 든다. 왕은 그들과 함께 이야기하려 다가가나, 한 덩어리로 모인 그들은 왕이 다가온 만큼 물러나 똑같은 거리를 유지한다. 왕은 그들과 섞이기를 단념하고 의장에 돌아와 앉아서 알과 시민들을 번갈아 바라본다. 간간이 높아진 음성이 왕에게까지 들려온다.

시민들　　(찬탄하며) 오, 그래요?

박물관장　(무엇인가를 이야기한다)

시민들　　드디어 평화가 온다!

박물관장　(또 무엇인가를 속삭인다)

시민 나　낙원을 만드실 거라구요? 그렇겠죠! 전지전능하신 임금님이 무엇인들 못하겠어요.

시민 라　저 알을 부화하고 싶어요.

시민 가　그래요. 우리 시민들에겐 알 속의 위대한 임금님이 필요합니다.

시민 다　지금 전하께서는 왕관만 벗고 물러나시라면 어떨까요?

박물관장　그건 안됩니다.

시민 다　왜요?

박물관장 시퍼렇게 살아 계시면, 새로운 임금님께서 왕위 잇기를 꺼리실 건 분명하거든요.

시민들 그렇다구 해서 아무 잘못도 없으신 전하께 죽어 달라고는 차마 말 못하겠어요.

박물관장 (펄쩍 뛰며) 그럼요. 인간의 탈을 쓰구 그런 비정한 말을 어떻게 해요? 그러니 아깝지만 저 알을 깨트려 버립시다.

군중들 (함성이 높아진다)

박물관장 자, 어서 날 데려가요. 난 전하를 위해서 목숨을 바칠 테요.

시민들 (침울한 표정으로 박물관장을 이끌고 군중들을 향해 걸어 나간다)

왕 시민들은 걸음을 멈추어라.

박물관장 저는 전하의 충실한 신하입니다. 저것이 타조 알이라고 말씀드릴까도 생각해 봤으나 믿어지질 않게 엄청난 크기여서, 상자에 담아 달아나는 것이 전하를 위한 상책인 줄 알았습니다. 그저 죄가 있다면 완전히 달아나질 못하고 붙들린 것이라고나 할까요, 전하께 면목이 없습니다.

왕 나는 그대의 충성심에 감사한다. 그러나 나 때문에 알을 은폐시키려 한다면 그것은 잘못이다. 그대들은 잠시 물러가 있거라. 나는 알과 단 둘이 남아 생각해 보겠다. (시민들 퇴장. 왕은 마지막으로 물러나는 박물관장을 멈춰 세운다) 잠깐만, 박물관장. 내일 날씨가 맑겠다고 했지?

박물관장 전하, 구름 한 점 없이 맑은 날씨인 줄 아뢰옵니다. 알에 햇빛을 쬐이기엔 최적의 날이지오.

왕 그럼 내일 밤엔 위대한 임금님이 부화되어 나오겠군.

박물관장 저녁입죠. 해질 무렵이면 되니까 밤보다 더 이른 시각입니다.

왕 그런데 알이 잘 부화될까?

박물관장 알이 살아 있다는 것을 의심하십니까? 전하, 그럼 알에 귀를 대보십시오. (왕은 알에 귀를 댄다) 어떤 소리가 들리는지요?

왕 심장이 뛰는 듯한 똑똑 소리가 들려오는군.

박물관장 그렇습니다. 다른 알과는 달리 위대한 임금님이 계신 알 속엔 심장이 있거든요.

왕 심장이라고!

박물관장 네, 심장이 움직이고 있습니다. 전하께선 지금 그 고동소릴 듣고 계시구요. (왕에게 허리를 굽혀 절을 하며) 저는 이만 물러갑니다. (퇴장)

홀로 남은 왕. 그는 의자에 앉아서 자기 앞에 놓여 있는 하얀 알을 바라보며 깊은 생각에 잠긴다. 그는 자기 마음과 싸우기 시작한다. 이 싸움의 격렬한 양상은 그의 고통스런 표정으로 짐작할 수 있다. 왕으로서 그는 증오에 타오르는 눈으로 알을 쏘아본다. 마음이 그를 설득한다. 시간이 오랫동안 흘러간다. 그는 차츰차츰 인내로써 설득을 받아들인다.

알을 바라보는 시선이 부드러워진다. 마침내 왕은 최후의 하나까지 양보하고 알에 대하여 절대적인 양보를 표시한다. 열병에서 치유되듯이 그는 상쾌한 표정이 된다.

왕 (맑고 낭랑한 음성으로) 내 등 뒤에 숨어 있는 사람, 이리 나오너라.

박물관장 (작은 돌칼을 들고 나온다) 제가 숨어 있는 줄을 아셨군요.

왕 이제 어려운 고비를 넘겼네.

박물관장 저 역시 어려운 고비를 넘겼습니다.

왕 (미소를 짓고) 나는 죽기로 결심했다. 그것이 어찌나 어려웠는지 (이마에 흐르는 땀을 씻으며) 무서운 열병을 앓듯 했구나. 박물관장, 그대에게 부탁이 있다. 알에서 새로운 임금님이 부화되어 나오시거든 우리 모두가 당하는 수난을 자세히 말씀 드려다오. 숲속에 가득히 우글대는 공룡들, 폐허가 된 거리, 하루도 편안한 날이 없는 시민생활을 보여드리며, 비통한 눈물로 그이에게 탄원하구려.

박물관장 그런 불행쯤은 새 임금님의 손가락이 까딱하면 사라질 것입니다.

왕 (알을 바라보며) 그러실 테지, 위대한 임금님의 능력은.

박물관장 전하, 결심이 서실 때…….

왕 그래…….

박물관장 (쥐고 있는 돌칼로 찌르는 시늉을 해 보이며) 도와 드릴까요?

왕 아니, 내가 스스로 하겠다. (박물관장의 돌칼을 받아들고 알을 향하여) 알이여, 나는 멋진 모자를 쓴 임금으로서 늘 최선을 다했습니다. 버들가지로 모자를 엮었던 그때부터 지금까지 나는 뭇 사람들 앞에 떳떳했습니다. 그러나 지금 그대 앞에서만은 한없이 부끄러움을 느낍니다. 나는 나약한 인간입니다. 최선을 다했음에도 그대의 능력에는 미치지 못합니다. 알이여, 어찌 그 탓으로 나를 죽게 하십니까? (왕은 칼로 자기의 배를 찌른다. 눈동자가 고통으로 경련을 일으키며 허옇게 뒤집힌다. 고개가 푹 수그러지며 머리에 썼던 왕관이 떨어져서 바닥에 굴러간다. 왕은 숨을 거둔다)

박물관장 (왕의 죽음을 확인하려 몸을 흔들며) 알의 발견자인 저에겐 고맙다는 말씀 한 마디 안하시는군요.

시민들이 조심스럽게 눈치를 살피며 들어오다가 왕의 죽음을 바라 보고 놀란다.

시민들 전하께서 스스로 자결하셨소?

박물관장 천만에요. (죽은 왕을 가리키며) 이 사람을 보시우, 어디 그럴 만한 용기가 있는가를. 비겁하게 달아나려는 걸 내가 지키고 섰다가 막아냈지요.

시민 가 우리들은 어떻게 하면 좋겠습니까?

박물관장 이 즐거운 소식을 군중들에게 알려 주시우.

시민 가 궁전의 문을 활짝 열고 군중들을 이곳으로 데려오겠습니다.

박물관장 초상집의 개 같은 꼴이라면 데려오지 않는 것이 좋아요. (알을 가르키며) 내일이면 위대한 임금님이 부화되어 나오십니다. 군중들에게 환호성을 지르라 하구, 불꽃놀이를 하라 이르시오. 아참, 거기에다 군악대의 연주까지 곁들이면 경축 기분이 물씬 날 거요.

시민들 군중들이 저 알을 보면 열광할 것입니다. (퇴장)

박물관장 (죽은 왕이 쥐고 있는 돌칼을 바라보더니) 이건 이제 쓸모없는 물건이군. 내가 필요한 것과 바꿔 가져야지. (상자에 다가가서 그 속에 칼을 넣고, 빨간 장미꽃을 꺼내든다) 내전(內殿)으로 왕비님의 사랑이나 얻으러 가 볼까. (죽은 왕의 굴러 떨어진 왕관을 훌쩍 건너 뛰어서 내전으로 달려간다)

제2막

시민 가 (관객들에게) 시민 여러분, 밤이 되었습니다. 죽은 분의 시체는 치워져 없고 대신 위대한 알이 의자에 올려졌습니다. 군악대의 경축 음악 소리를 들어 보십시오. 여러분의 마음을 울렁거리게 할 것입니다. 또 저 하늘 위에 피어나는 오색 불꽃들을 보십시오. 우리들은 완전히 축제 분위기 속에 잠겼습니다. 모든 시민들은 지금 궁전에 몰려와서 환호성을 지르고 있습니다. 만세, 위대한 알이여! 일찌기 이처럼 환희의 도가니를 이룬 날은 없었던 것입니다.

네 명의 시민 대표들은 의자 곁에서 알을 모시고 있다. 졸린 눈을 한 박물관장이 하품을 하며 들어온다. 그는 훌렁훌렁하게 큰 전왕의 잠옷을 걸치고 슬리퍼를 신었다.

시민들 (알을 지키고 있다가 소리나는 곳을 향해) 누구냣?
박물관장 어, 나야. 박물관장이다. (그는 전왕의 잠옷을 입고 거드름을 떤다)
시민 가 어디에 갔다가 오는 겁니까?
박물관장 내전의 왕비에게 좀 볼 일이 있어서. (입은 잠옷을 펄럭이며) 어때, 전왕의 잠옷인데 나에게 어울리는가? 품이 약간 큰 것 같지? 적당히 재단해서 입어야겠군. (발을 허공에 들어 올려 슬리퍼를 보이며) 이봐, 발이 코끼리 정도로 컸던 모양이지? 왕비가 이 꼴을 보고 하는 말이, "여보 배를 탔구려" 하더구만. (혼자서 폭소를 터트린다) 배를 탔다구 하더란 말이야. 허, 우습잖아? 슬리퍼를 신었는데 배를 탔다는 거야, 하하. (시민 대표들을 둘러보며) 왜 너희들은 웃질 않는 거지?

시민들 (진지하게) 여기는 웃을 장소가 아닙니다.

시민 라 (관객들을 가리키며) 군중들이 우리를 주시하고 있잖습니까?

박물관장 (군중들을 바라보며) 많이 모였군. (갑자기 눈살을 찌푸리고 군중 속의 한 사람을 가리키며) 저기, 저놈은 더럽게 생겼는데 쫓아버려.

시민 가 누구 말입니까? (손가락 끝을 따라 시선을 보내더니) 아, 저기 부스럼투성이 노인 말인가? 하지만 모든 시민들이 저 예언자(豫言者)를 존경하고 있습니다.

박물관장 예언자라구?

시민 가 네. 위대한 임금님이 곧 나타나리라고 저 노인은 말해왔습니다.

시민 다 이제 그의 예언이 적중한 셈이지요.

시민 나 의기양양한 노인의 얼굴을 보십시오.

박물관장 저놈을 당장 쫓아내 버려.

시민 가 쫓아내라구요?

박물관장 그렇소. 사기꾼이야. 사실은 내가 저놈에게 알이 발견될 것 같다고 귀띔해 주었더니, 저놈은 이 알을 발견한 공적을 혼자 독차지 하려구 그걸 지껄여댔던 모양이군.

시민 가 내가 가서 저놈을 당장 쫓아버리겠소. (분개한 그는 군중속으로 뛰어든다)

박물관장 (상자 속에서 커다란 시계를 꺼내 보더니, 엄숙하게 선언한다) 지금 정확한 시간은 영시 이십 사분 구초. 시민 대표 여러분, 그러니까 어제는 지나가고 오늘이 되었습니다. 오늘 우리들은 위대한 임금님을 맞이하게 됩니다. 이제 무질서한 분위기를 차분히 가라앉히고 경건하여야 할 때입니다. 앞으로 여닐곱 시간 후엔 태양이 떠올라 이 알을 부화하러 비칠 것입니다. 시민들은 지금부터 엄숙한 자세를 갖추십시오. 허리를 꼿꼿이 펴고, 손은 군대식으로 차렷, 발은 뒤꿈치를 딱 붙여야 하며, 눈동자의 초점은 알에 맞추어 조금도 어긋남이 없어야 합니다. (시민 대표들은 그의 말에 따라 자세를 바로 잡는다) 시민들, 좀 괴롭기야 하겠지만, 알 속에 웅크리고 앉아 계시는 임금을 생각해 보시오. 여닐곱 시간이란 눈 깜짝할 사이지요. (그는 시계를 부둥켜 안고 상자 위에 편안히 앉아서 졸기 시작한다)

시민 나 왜, 당신만이 편안히……?

박물관장 나야 알의 발견자 아니오?

시민 나 나는 앓고 있는 심장 때문에 오래 서 있으면 숨이 가빠집니다.

박물관장 당신의 병든 심장보다 먼저 국가를 생각하시오.

시민 나 네.

시민 가 (뛰어 들어오며) 내가 그 사기꾼을 쫓아…….

박물관장 뛰지 말구 정지! 알을 향하여 차렷! 움직이지 말 것!

시민 가 (멈추어 서서) 네?

박물관장 경건한 자세!

시민 대표들은 부동자세. 침묵. 박물관장은 끄덕끄덕 졸고 있다.

시민 나 (작은 목소리로 옆 사람에게) 괴롭습니다, 몸이. 그러나 밤이 새려면 예닐곱 시간이 남아 있는데…….

시민 가 이렇게 뻣뻣하게 서 있자니 몹시 지루하군요.

시민 가 좀처럼 시간이 지나가질 않는 것 같아요.

시민 라 참으시오. 위대한 임금님께서는 웅크리고 앉은 자세로 견디고 계신다는 걸 생각합시다.

시민 나 몇 시나 됐을까요?

시민 가 (박물관장이 든 시계를 흘깃 바라보더니) 시간이 전혀 가는 것 같 지 않는데…….

시민 나 시간이 내 몸과 함께 딱 멈춰 서 버렸군.

시민 다 아, 기다리기 지루해.

박물관장 (졸린 눈을 뜨고 기지개를 키며) 누구야, 금방 지껄인 자가?

시민들 아무도 말하지 않았어요.

박물관장 그래? (눈을 감으며 다시 졸기 시작한다)

시민 다 어둠아, 빨리 물러가려무나.

박물관장 (기다리고 있었다는 듯이 눈을 번쩍 뜨고) 이젠 분명히 들었어. (다 를 지적하며) 당신 무어라고 했지?

시민 다 기다리기가 너무 지루해서 그만 나도 모르게…….

시민들 우리들 역시 같습니다. 어둠이 어서 물러가고 태양이 떴으 면…….

박물관장 내가 당장 태양을 꺼내 줄까?

시민들 그것이 정말인가요?

박물관장 아무렴, 두 개라도 꺼내 줄 수 있어. 보라고, 여기 두 개의 태 양이 있지. (그는 야바위꾼이 사용하는 카드 두 장을 상자 속에서 꺼 내 보인다. 카드의 앞 면에 태양이 그려져 있다) 하나는 노란 태양, 다른 하나는 빨간 태양이야. (카드를 뒤집어 마구 뒤섞어서 어느 패가 노란 것이며, 빨간 것인지 알 수 없도록 한 다음, 상자 위에 놓고) 시민들아, 여기에 돈을 걸려므나. 옳게 알아 맞힌 사람에겐 건 몫의 일천 배를 주겠다.

시민들 (놀라며) 이것이 도대체 무슨 짓입니까?

박물관장 (태연하게) 무슨 짓은 무슨 짓이야, 노름이지. 지루함을 잊기 위해선 이 방법보다 더 나을 것이 없거든.

시민들 하지만 저 군중들이 노름을 하는 우릴 보면 무어라 하겠어요?

박물관장 그들도 사람인데 양해를 해 주겠지. 부동 자세로 서 있기만 한다고 해서 경건한 건 아닐 것 아냐? 그런 자세가 최고의 경건함을 표시한다면 인형(人形)이 인간보다 나을 거라구. 인형은 지루함을 느끼지 않고 마냥 서 있을 수 있거든. 문제는 산 인간인데, 저 알의 부화를 절실히 바라지 않는 사람이 어디 있어? 모두들 초조하게 밤샘을 하며 기다리고 있지.

시민 가 당신의 말이 옳아요. 어서 밤이 지났으면 하고 기다리는 것이 어찌나 지루한지…… 일분이 십년씩이나 되는 느낌이군요.

박물관장 거, 인형처럼 서 있지만 말구 이리들 오지. (카드를 다 다시 섞어 늘어놓으며) 어서들 오라니까. 그동안 재미있는 놀이를 하며 기다린들 알 속의 임금님께 불경될 일은 아니잖어?

라를 제외한 시민 대표들은 부동 자세를 풀고 박물관장이 권유하는 상자 곁으로 다가간다.

시민 라 (움직이지 않고) 나는 이대로 서 있겠소.

박물관장 고지식하게 왜 그래?

시민 라 크고 하얀 알, 그 앞에선 정숙한 몸가짐을 하지 않을 수 없습니다.

박물관장 (눈살을 찌푸리며) 당신 혼자서 잘난 체 하는 거야?

시민 라 솔직히 말할까요? 당신이 죽은 전왕의 잠옷을 입고 저 알 앞에 앉아 있는 것마저 비위가 거슬립니다.

박물관장 (불쾌한 표정이 된다)

시민 가 시민 모두가 저 사람처럼 생각하는 건 아니에요.

시민 다 뭐니뭐니 해도 당신은 알을 발견하신 분입니다.

시민 나 저 사람의 말에 기분 상하지 마십시오.

박물관장 좋아. 그렇게 솔직히 말하겠다니 나도 털어놓고 말하지. 나는 그동안 박물관의 역사적인 진열품에 대해서 연구를 많이 했었지. 연대순으로 진열된 그 물건들은 무엇인가? 그것은 역사라는 노름의 산물(産物)이더라구. 박물관 전체가 노름의 산물이니. 관장이란 도박꾼의 생리에 알맞는 직업이랄 수 있지. 난 지금 날이 새기 전에 여기 모인 군중들 앞에서 그들의 대표인 너희들과 마지막 노름을 하고 싶어.

시민들 마지막 노름?

박물관장 그래, 마지막 노름이야. 저 알이 부화되면, 노름이란 그릇된 행위는 사멸되어 버릴 테니까.

시민 가 박물관장, 그 말을 듣고 나니 감상적인 기분마저 드는군요.

박물관장 고맙소, 내 마음을 이해해 주어서. 자, 우리 판을 벌려 봅시다! (노란 태양의 카드와 빨간 태양의 카드를 섞어 놓고, 상자 속에서 누렇게 바랜 지도 한 장을 꺼낸다) 나는 박물관의 귀중한 보물들을 은밀한 장소에 파묻어 두었지. 이 지도엔 그곳으로 가는 길이 상세하게 그려져 있어. 이 보물을 캐내 처분하면 이 도시를 전부 사들이고도 남는 거액이야. (야바위꾼의 달콤한 말로 시민 대표 한 사람 한 사람을 유혹한다) 당신은 이 보물 지도를 가질 수 있어. 물론 당신두. 또 당신 역시. 하룻밤 사이에 당신은 거부 (巨富)가 되는 거야. 햇빛 바른 언덕에 호화로운 저택을 짓고 아리따운 처녀들을 시녀로 삼아 거느릴 수 있어. 시민들이여, 이 지도가 탐나지 않는가? 노름의 한 판이 이것을 나에게서 빼앗아 당신에게 주려는데 무얼 주저하는가?

시민 가　글쎄요…… 어떤 속임수가 있을까 보아 선뜻 노름에 응하지 못하겠습니다.

박물관장　공연한 의심이군. (카드를 가리키며) 당신이 이걸 마음껏 뒤섞어 놓으면 되잖아?

시민 가　좋아요, 내가 패를 잡는다면. (카드를 집으며) 이 노란 태양과 빨간 태양 중에서 하늘 정하고, 그걸 맞히면 지도는 내것이 되는 거죠?

박물관장　그렇소. 당신은 무엇을 내기에 걸겠어?

시민 가　난 내 전재산을 걸겠습니다.

박물관장　마지막 노름에 걸 만한 몫이로군. 자, 그럼 노름의 약정서를 작성해야지. (상자 속에서 연필과 종이를 꺼내 약정서를 만들며) 당신, 어느 태양으로 정하겠어?

시민 가　(잠시 생각해 보다가) 빨간 태양.

박물관장　좋아. 이 약정서에 서명하우.

시민 가　(서명한다)

박물관장　다른 사람들도 이 기회 속에 넣어 주는 것이 어때? 시민이라면 그 누구나 기회균등의 권리가 있잖어?

시민 가　물론, 노름에 참가하고 싶은 사람은 누구나 받아들입시다. 단 내가 그렇게 했듯이 자기의 전재산을 걸 용기가 있는 자에 한해서.

박물관장 (약정서를 들고 나에게 다가가서) 여봐, 재미있지? 지루했을 기다림의 시간이 얼마나 빨리 지나가며, 또 아슬아슬한 긴장감도 있잖아?

시민 나 벌써 한 시간쯤 지난 것 같아요.

박물관장 그것 봐. 훨씬 시간 보내기가 쉽지. (다른 시민 대표들에게) 어때? 황금 지도를 갖고 싶지 않아?

시민 나 나도 전재산을 걸죠. (박물관장이 내민 연필을 쥐고) 그런데 내가 정한 태양은 어느 것입니까?

박물관장 시민들은 빨간 태양이야.

시민 나 (서명한다)

박물관장 (다에게) 당신은? 보다시피 시민의 손에 패가 섞이니까 협잡이라곤 없는데두?

시민 다 (약정서를 건너 받으며) 일확천금할 마지막 기회라는데 빠질 수 없죠.

박물관장 노름을 처음 하나? 손이 떨리게?

시민 다 좋은 기회에서 늘 따돌림을 당한 탓이지요. (약정서에 서명한다)

박물관장 (라에게) 당신은?

시민 라 나는 가난하나 깨끗하게 살아온 시민입니다.

박물관장 한 마디로 내기에 걸 돈이 부족하단 말인가?

시민 라 (침묵)

박물관장 모자라는 부분엔 당신의 생명을 보태 내지 그래?

시민 라 생명을?

박물관장 대수롭지 않는 당신의 생명이 어때서? (이미 서명한 시민들에게) 이 사람이 재미있는 놀이에 빠지겠다는구만.

시민 라 노름을 그만 두시오.

시민 나　당신이 반대할 이유가 뭐요? 당신 혼자 싫거든 끼어 들지 않으면 그만이잖소?

박물관장　이 사람은 시민의 대표야. 이 사람이 빠지면 노름은 그만 두겠어.

시민들　(라에게) 당신 하나 때문에 우리 모두가 또 지루한 시간을 보내야겠군.

무서운 눈으로 라를 노려본다.

시민 라　알겠습니다…… 노름의 약정서를 이리 내밀어요. 모자라는 재산엔 생명을 보태 걸죠. (약정서에 서명한다)

박물관장　자, 이것으로 노름은 성립되었군. (카드를 섞고 있는 가에게) 태양을 잘 섞었수?

시민 가　네.

박물관장　부디 빨강 태양을 집구려.

시민들　그럼 집겠어요.

두 장의 뒤섞은 카드를 상자 위에 놓고 라를 제외한 대표들은 어느 것을 집을까 상의한다. 마침내 그들은 하나를 결정하고 그것을 집는다.

박물관장　시민들, 어떤 태양이지?

시민들　(울상이 되어 카드를 내보인다) 노란 태양입니다.

박물관장　노란 태양이라구? 하하, 너희들의 재산은 모두 내 것이 되었다!

시민 가　(풀이 죽은 목소리로) 설마…… 노란 태양을 뽑을 줄이야…….

시민들은 어깨를 축 늘어트리고 알 곁에 모여 쓰다듬기도 하고 그 속에서 들려오는 소릴 듣기도 하며 위안을 삼는다.

박물관장 시민들, 너무 상심하지 말아요. 한번 더 재미있는 노름을 할 테니까. (그는 벽에 걸린 두루마리에 다가가더니, 그것을 떼내어 뒷면이 앞이 되도록 뒤집어 건다. 보기에도 흉칙한 공룡이 그 뒷면에 있었던 그림이다. 그는 알을 손가락으로 가리키며 외친다) 두 번째의 재미있는 노름은 이렇게 시작된다. (돌도끼로 알을 내려칠 자세를 취하고) 나는 이 알을 깨버릴 것을 제의한다.

시민들 (놀라며) 알을 깨버리자구? (분노한 그들은 박물관장에게 달려든다)

군중들 (야유의 함성) 와—!

박물관장 잠깐만. 시민들이여, 나는 이 알을 깨버리자고 거듭 주장한다. (두루마리를 가리키며) 저 징그러운 공룡을 보라! 성문 밖 숲 속에 사는 괴물이지. (알을 가리키며) 이 알은 바로 저 공룡이 낳은 것이다!

시민 라 (알 곁에서 벌떡 일어서며) 공룡 알이라구요?

박물관장 (라에게) 알에서 멀찍이 물러나라! 지금 그 알에서 들려오는 소린 다 자란 공룡 새끼의 심장 뛰는 소리야. 조금 후 햇빛을 쬐이면 그놈은 껍질을 깨고 엉금엉금 기어 나온다.

시민 라 (처절하게 부르짖는다) 지금까지 당신은 위대한 임금님이 계신 알이라고 말하였습니다. 그런데 공룡 알이라뇨?

박물관장 조금 전까진 위대한 임금님 알이었지만, 지금은 공룡 알이야.

시민 라 갑자기 바꿔지다니요?

박물관장 지금은 공룡 알이라는 내 말이 의심스럽거든, 조금 전의 내 말, 위대한 임금님 알이라고 믿으려므나. (라에게 다가가서 얼굴을 맞대고, 조용한 목소리로) 어때, 믿겠어? 못 믿겠어?

시민 라 (넋이 나간듯 조금씩 주저앉으며) 믿겠어요, 못 믿겠어요, 믿어요, 못 믿어요……. (이 말을 반복하며 괴로운 그는 자기의 팔에 얼굴을 파묻고 흐느낀다)

박물관장 쓸개 빠진 놈이로군. (군중들 앞으로 다가가서) 시민 여러분, 아직 나는 대관식을 올리지 않았으니까 너희들의 임금이라곤 할 수 없겠지. 물론 저 알 역시 아직 부화되지 않았으니 너희들의 임금은 아닌 것이다. 그러나 너희들은 저 알, 아니면 나, 둘 중에서 하나를 택하여 임금으로 삼아야 하느니 만큼, 다시 한번 저 알과 나 자신에 대해서 설명해 주마. (손가락으로 알을 가리키며) 먼저, 저 알이다. 저 속에 위대한 임금님이 들어 있다는 건 농담이었다. 그렇기야 하면 오죽 좋겠니? 허나 사실은 공룡 알이다. 내가 박물관의 진열용으로 구입했던 거야. 만약 저 알이 부화된다면 단단한 비늘이 철갑처럼 씌워진 공룡이 나온다. 그 모양이 흉칙스런 괴물은 성질마저 사나워서 사람들을 널름널름 집어 삼킨다. 왜 너희들도 잘 알잖어? 보통 무기로 써는 그 괴물을 물리치지 못해서 거리를 어슬렁거리며 사람 잡아먹는 짓을 격퇴하기란 결코 쉽지 않은 일이다. 시청의 공식 발표에 의하면 이 도시가 공룡으로부터 당하는 인명 피해가 일년에 삼만 이천 명에 달한다는 것이다. 지금 저 알은 박물관에서 전시하는 동안 취급 부주의로 햇빛을 받아서 부화의 절정에 이르렀다. 오늘 맑은 날 하루만 더 햇빛을 쬐이면 껍질을 깨고 흉악한 괴물이 기어나올 거야. 그럼 다음에 나에 대해서 설명하마. (손가락으로 자신을 가리킨다) 나는 박물관장, 아니 더 적절하게 말해서 도박꾼이다. 난 가짜 보물지도를 내걸어

전재산을 땄다. 그러나 그런 단순한 노름보다 지금은 너희들 모두와 도박을 하겠다. 시민 여러분, 이젠 너희들이 선택할 차례다. 저 크고 하얀 알 속에는 위대한 임금님이 들어 있다고 믿던지, 아니면 공룡이 들어 있음을 믿던지, 너희들의 자유의사(自由意思)에 맡기겠다. 위대한 임금님에 대한 굳은 신념을 가진 시민이라면 알을 택할 것이며, 공룡이 들어 있음을 믿는 현명한 시민이라면 나를 택하라.

시민들　(라를 제외하고) 그렇게 말씀하시면 우린 어떻게 합니까?

박물관장　(울상을 짓는 시민 대표들에게) 내가 너희들과 노름을 하는 중인데 그것이 무엇인지 가르쳐 줄 수 있겠느냐? 너희들 스스로가 잘 생각해 봐서 정할 일이다. (군중들에게) 군중들은 듣거라. 너희들에게도 생각할 시간을 주겠다. 해가 뜨면 나는 다시 나오마. 그때 너희들은 손을 들어 저 알과 나, 둘 중에 어느 것을 택하는지 표결(票決)하라. 나는 시민들의 민주적 정신을 존경한다. (군중들에게 손을 흔들며 퇴장한다) 그럼 시민들, 아침에 다시 만나자.

제3막

시민 가 (관객에게) 시민 여러분, 아침입니다. 군악대의 연주와 불꽃놀이는 어느새 자취를 감추고, 잿빛 안개 속에 촛점을 잃어버린 여러분이 웅성거리고 있습니다. 여기 초췌한 얼굴의 시민 대표들을 보십시오. 그들은 밤새도록 격론을 벌여 왔습니다.

시민 다 (라에게) 알 속에 위대한 임금님이 들어 있다고 믿고 싶은 건 당신과 마찬가지요. 하지만 그것은 사기 도박꾼 놈이 지어낸 허튼 수작이거든.

시민 라 그럼, 그 사기꾼이 알 속엔 공룡이 들어 있다고 말했다해서 그걸 믿을 수 있을까요?

시민 다 여보, 그렇다면 그 사기꾼 놈이 알 속엔 임금님이 들었노라고 말한 것을 믿어야 하겠소?

시민 가 이런 식의 토론을 밤새도록 했습니다. 이젠 진절머리가 나요.

시민 나 (수첩에 적은 것을 내보이며) 일백서른여덟 번째! 같은 말만 되풀이한 것으로 기록되었습니다.

시민 라 (다에게) 당신의 견해가 옳다고 뒷바침해 줄 증거는 무엇인가요?

시민 다 뚜렷한 증거가 있소. 그 박물관장은 사기꾼입니다. 알 속에 임금님이 들어 있다는 건 그놈의 거짓말이에요.

시민 라 그럼 공룡 알이라고 한 말을 어떻게 믿으시겠어요?

시민 나 일백서른아홉! (기록하던 수첩을 내동댕이치고 발로 짓밟으며) 인간의 지혜가 이렇게 빈약한 줄은 몰랐어!

시민 가 도대체 뭐요? 당신들은 헛소리로 시간만을 낭비했잖소?

시민 다 (성을 벌컥 내며) 당신이 가진 의견을 말해 보구려!

시민 가 내 생각 같아서는……. (머뭇거리다가) 나의 의견이 없다는 것이겠지요.

시민 나 한심하군!

시민 가 미안합니다. 당신에게 좋은 의견이 있다면 말씀해 주십시오.

시민 나 나는 이렇게 주장하오. (큰 소리로 말문을 열었으나 할 말이 없어서) 알 속에는 위대한 임금님이 아니면 공룡이 있다는 것입니다.

시민 가 당신이 가진 풍부한 지혜에 대해서 찬탄을 금하지 못하겠군요.

군중들 (공포의 소리) 해가 뜬다! (조금씩 떠오르는 태양이 알과 시민들을 점점 밝게 비춘다)
(소리) 위대한 임금님이냐? 두려운 공룡이냐?

시민 라 무엇이냐구요? 우리의 지혜로서도 해결하지 못합니다. 도대체 우리에게 어느 것을 선택할 권리가 있는지 그것마저 의아로워집니다. 시민 여러분, 우리의 진정한 불안은 공룡이 아니라, 우리의 지혜와 권리가 쓸모 없어졌다는 데 주의 하십시오. 우린 허수아비처럼 완전히 무력(無力) 상태 속에 빠져 들게 되었습니다. 박물관장이 우리의 손과 발에 줄을 엮으면 우리는 그가 시키는 대로 행동하게 될 것입니다. 아, 지금 나는 자유롭게 움직이는 혀로써 말하고 있질 못합니다. 그러나 시민 여러분, 우리들이 그 어떤 어려움 속에서도 지키려고 했던 것이 무엇입니까? (의자 밑의 검붉은 반점들을 가리키며) 시민들이여, 여기 전왕의 피가 아직 식지 않고 있습니다. 그는 생전에 멋진 모자를 썼었고, 우리는 그 모자의 아름다운 형태를 수호해 왔었습니다. 그런 우리들이 그의 죽음을 용인했던 것은 저 알 속에 위대한 임금님의 실재(實在)를 믿었기 때문입니다. 그런데 이제 와서 공룡알이라고 믿는다면, 전왕의 고귀한 희생은 무엇으로 보상되어져야 하며, 우리 시민들의 도덕적 타락은 어디에서 구제할 수 있겠습니까?

시민 다　(감동한다) 그렇군요. 사기꾼의 헛말에 현혹될 뻔 했습니다. (알을 가리키며) 나도 알 속에는 위대한 임금님이 계시다고 믿겠습니다.

시민 가　나 역시 알 속의 임금님을 믿습니다.

시민 나　나는 새삼스레 저 알 속의 임금님을 믿겠노라 말하진 않겠어요. 그것은 내가 사람이다 라는 사실처럼 자명(自明)한 일이니까.

시민 라　(군중들에게) 존경하는 시민 여러분, 태양은 이 알과 우리 모두를 함께 비취기 시작했습니다. 오늘 저녁 무렵엔 위대하신 임금님이 부화되어 나오십니다. 시민들은 사기 도박꾼에 대항하여 이 알을 지키기 위해 싸우기를 맹세합니다.

군중들　(환호성) 위대한 임금님 만세!

박물관장이 왕의 복장으로 들어온다.

박물관장　(답례의 손을 흔들며) 여기 무서운 공룡으로부터 너희들을 구출하실 위대한 임금님이 나오셨다.

군중들　(분노의 소리) 우리들은 알을 택한다. 너는 물러가라!

박물관장　미친 놈들이군. 사람 잡는 공룡을 왕으로 삼으려 하다니. (시민 대표 나를 손가락으로 쿡 찌르며) 어디, 너 좀 말해 보려무나. 저 알 속에 든 건 공룡이 아니라 임금님이라고 믿는 이유를?

시민 나 (확신에 가득차서) 내가 사람이기 때문입니다.

박물관장 누가 너더러 사람이 아니래? 알 속에 임금님이 들어 있다는 증거를 대보란 말이야.

시민 나 (머뭇거리다가 다를 가리키며) 이 옆 사람이 그것을 믿기에 나도 믿습니다.

박물관장 그래? (다에게) 넌 왜 믿지? 증거가 뭐야?

시민 다 (우물쭈물하다가 가를 가리키며) 이 옆 사람이 증거입니다. 나는 그를 따라 믿습니다.

박물관장 (가에게) 너, 대답해 봐.

시민 가 (라를 가리키고) 이 사람이 믿으라고 해섭니다.

시민 라 (박물관장 앞으로 나서며) 인간의 도덕적 품성을 지키기 위해서 나는 알 속엔 위대한 임금님이 계시다고 믿습니다.

박물관장 허허? 무슨 뚱딴지 같은 소릴 하는 건지 모르겠군. (공룡의 무서운 동작을 흉내내며) 알 속에는 공룡이 들어 있단 말이야. 그 괴물이 부화되어 나오면 어떻게 되는 줄 알기나 해? 너희들은 잡혀 먹히거나, 아니면 대문을 닫아 걸고 숨어 있어야 한다구. (알에 다가가서 위험한 물건에 손을 대듯이 슬쩍 만져보고) 햇빛을 받아 알이 뜨듯해지기 시작했군. 이크! 벌써 꿈틀거린다. (공포에 질린 표정으로 달아나며) 살기 위해 나 먼저 달아난다!

시민 나 으악! (비명을 지르며 박물관장 뒤를 따라간다)

군중들 (웅성거린다)

박물관장이 나의 목덜미를 잡아 이끌고 들어온다.

박물관장 (군중들에게) 너희들, 보았지? (나의 얼굴을 보여 주며) 이 무서움에 질린 얼굴을. 이 사람은 부모와 아내 그리고 어린 아이들을 버리고 저 혼자 달아났어. 하지만 이 얼굴은 그래도 행복한 표정이다. 공룡에게 물렸을 때, 이 사람의 얼굴이 고통으로 얼마나 더 이그러질지 상상 좀 해봐. 난 억지로 너희들의 임금이 되려구 이런 말을 하는 건 아니야. 너희들 스스로가 손을 들어 결정하라고 했잖어? 아주 자유스러운 분위기 속에서 말이야.

시민 라 (군중들에게) 시민 여러분, 저녁까지만 두려움을 참아 내십시오. 알 속에는 위대한 임금님이 계십니다.

군중들 (소리) 그 증거를 대시오!

시민 라 증거는 없습니다.

시민 가 알을 깨서 그 속에 정말 무엇이 들어 있는지 보면 어떨까?

박물관장 그것 좋겠군.

시민 가 (알을 들어 던지려 한다)

시민 라 그건 안됩니다.

시민 가 우리들의 고민을 해결할 방법은 이것뿐이잖소?

시민 라 그렇다고 해서, 위대한 임금님이 계실지도 모를 알을 깨트리려 하십니까?

시민 가 (번민하며) 비록 당신의 주장이 맞을 확률이 반절이다 할지라도, 공룡 알일지 모를 나머지 반절의 가능성이 들어 맞아서, 정말 공룡이 나오면 어떻게 하겠소?

시민 다 (라를 가리키며) 더구나 이 사람은 어떤 확신이 있어 알 속엔 위대한 임금님이 계시다고 주장하는 건 아닙니다. 믿어요, 못 믿어요, 믿어요, 못 믿어요, 라고 얼마 전에 반복하지 않았습니까?

군중들   (소리) 그렇다. 그의 말은 믿을 수 없다!

시민 라   (무릎을 꿇고 군중들에게 호소한다) 시민들이여, 위대한 임금님
          대신에 사기 도박꾼을 왕으로 섬기려 하십니까?

시민 나   (털썩 주저 앉아 군중들에게) 시민들이여, 당신을 잡아 먹는 공룡
          을 왕으로 삼으려 하십니까? 차라리 그 어떤 사기꾼일지라도
          사람의 왕이 낫지 않을까요?

박물관장   예이, 꼴보기 싫다. 너희들 마음대로 해라. (퇴장하려 한다)

시민 나   (황급히 박물관장을 가로막으며) 왜 이러십니까? 자, 지금 시민들
          이 손을 들려고 하지 않아요? (군중들에게) 시민 여러분, 표결합
          시다. 먼저 박물관장을 왕으로 택할 시민들은 손 드시오.

군중들   (열광적인 소리) 와! 새 임금님 만세! 우리들을 괴롭히는 공룡을
          물리치셨다.

          라를 제외한 시민 대표들도 손을 들었다.

시민 나   다음은 저 알을 택할 시민은 손 드시오.

군중들   (침묵)

시민 라   (손을 든다)

시민 나   단 한 명. (박물관장에게 왕관을 씌워 주며) 시민들은 당신을 임금
          으로 선출하였습니다.

군중들   (환호성을 지른다)

시민 가   (라에게) 너무 상심마시오. 우리들은 최선을 다한 것입니다.

시민 라   (허탈한 표정으로 시민들을 등지고 멀리 물러난다)

박물관장   (군중들에게) 시민들은 듣거라. 너희들은 어젯밤 군악대를 동원
          하고 불꽃 놀이를 하며 잘 놀았다. 더구나 궁전에까지 몰려와

날이 새도록 소란을 떠는 바람에 나는 단잠을 설쳤다. 그래 너희들은 이제 해가 뜬 줄도 모르냐? 남자들은 직장으로, 여자들은 가정으로 돌아가 일을 해라. 즉시 해산하라! 돼지같이 게으른 놈들, 실컷 쳐놀고선 또 무얼 바라고 움직이질 않는 거지?

시민 나   전하, 시민들은 전하께서 알을 어떻게 처리하실지 궁금해서 해산하지 않는 것 같습니다.

박물관장   그래? (알을 들더니 상자 있는 곳까지 운반해 와서 그 속에 집어 넣는다) 상자 속에 넣어둬야지.

시민 나   (두려움에 질려서) 아니 전하, 그 상자 속에 넣어 두면 어떻게 합니까? 혹시 부화되어 나오지나 않을까요?

박물관장   너, 이리 와서 상자 속에 손을 넣어 보려므나.

시민 나   (조심스럽게 상자 속에 손을 넣어 휘젓는다) 알이 없는데요?

박물관장   염려마라.

시민 다   (눈이 휘둥그레져서) 저도 손을 넣어 볼까요?

박물관장   (고개를 끄덕인다)

시민 다   (상자 속에 손을 넣고 휘저으며) 어디로 갔을까? 정말 알이 없군요!

박물관장   (군중들에게) 이제 두려움은 사라졌다. 공룡은 다시 나오지 않는다. 너희들은 안심하고 해산하라!

군중들   (환호성) 위대한 임금님 만세!

해산하는 군중을 따라 이 함성은 점점 멀어져 간다.

박물관장   (옥좌에 앉으며) 돼지떼들이 다 물러갔구나.

시민 나   전하, 듣기 거북하옵니다. 왜 시민들을 돼지떼라 부르십니까?

박물관장   그런데 여기엔 몇 마리 돼지들이 남아 있군. 그래, 너희들이 무슨 짓을 했는지 알기나 하니? 알 속엔 위대한 임금님이 계셨었다. 그런데 돼지들아, 너희들은 어떻게 했어? 부화를 중지 시키다니 어리석기도 하지.

시민들   (라를 제외하고) 이 사기꾼 놈아, 우리들을 속였구나!

박물관장   임금더러 사기꾼이라? 흥, 너희들의 어리석음이 나의 도박에 비해서 죄가 안된다고 생각하느냐?

시민들   정말 알 속엔 위대한 임금님이……?

박물관장   그렇다. 조금만 더 기다렸더라면 알은 부화되어 위대한 임금님이 나오셨을 텐데…… 자, 돼지들아, 괴로워하라. 이마를 땅에 찧으며 어리석음을 한탄하거라.

시민들   (쓰러져서 가슴을 치고 몸을 굴리며 괴로워한다)

시민 라   (허탈에 빠진 그는 멍하게 시민들을 바라본다)

박물관장   (잠시 후에) 아냐, 사실은 알 속엔 공룡이 들어 있었어.

시민들   (고통의 몸짓을 멈춘다)

박물관장   그게 아니야, 알 속엔 위대한 임금님이 계셨어.

시민들   (고통을 당하듯이 신음소릴 지른다)

박물관장   (잔인하게) 아니다, 그건 아니다. 알 속에 들었던 건 공룡이었다.

시민들   (고통의 몸짓을 멈추고 전신에 흐르는 식은 땀을 씻는다)

박물관장   별놈들 다 보겠네, 공룡이라고 해야 고통을 멈추니. 그러나 아니다, 아니야. 위대한 임금님이 알 속에 계셨었지.

시민들   (또 다시 괴로워한다. 이와 같은 말과 행동이 반복된다. 마침내 그들은 수십 차례 고문을 당한 사람들처럼 맥이 빠져 비굴할 정도로 유순

해진다)

박물관장 너희들이 내가 시키는 것을 고분고분 듣지 않으면 어느 때든 이와 같은 주문을 외우겠다. 알겠느냐?

시민들 네, 전하.

박물관장 아나야, 네놈들이 길들어지려면 아직 멀었어. (다시 시작한다) 알 속에는 위대한 임금님이 계셨었다!

시민들 (기진맥진한 몸을 비틀며 고통스러워 신음소릴 지른다)

시민 라 (멀리 떨어진 곳에서부터 땅에 엎드리어 신왕(新王)에게 기어와 그의 발에 입맞추며) 우리들의 왕이시여, 자비를 베푸시옵소서. 전하, 우리들을 더 이상 괴롭히지 마시고 그 알 속에 들었던 것이 무엇이었는지 진실로 말씀해 주십시오. 그럼 저희들은 기꺼이 전하를 섬기겠습니다.

박물관장 임금의 자리란 왕관이나 칭호로써 유지되는 것은 아니다. 국민들의 약점을 잡아 그들의 복종으로 유지되는 것이다. 넌 알 속에 무엇이 들어 있었다고 생각하느냐?

시민 라 위대한 임금님이었습니다.

박물관장 그럼 그것을 믿어라.

시민 라 그러나 진실을 고백하자면 혹시 공룡이 들어 있을지 모른다는 생각도 품고 있습니다.

박물관장 공룡이 들어 있었다고 생각하는가?

시민 라 네.

박물관장 그럼 그것을 믿어라.

시민 가 전하, 부디 둘 중에 하나만을 저에게 가르쳐 주십시오.

박물관장 알 속엔 무엇이 들었었는지 정말 알고 싶은가?

시민 라 그렇습니다.

박물관장 (상자 속에서 칼을 꺼내 라의 앞에 던져 주며) 우리 다시 한번 더 노름을 하자. 그 칼은 내가 전왕(前王)을 겨누었던 칼이다. 이번에는 네가 나를 찔러 보라. 나는 결코 너희들을 사랑하지 않는 임금이다. 너희들에게 이를 데 없는 고통을 주고 있지 않느냐? 칼을 쥐고 나를 찌르라. 자, 어서 찔러. 네가 나를 찌르지 못한다면 내가 너를 찌르게 된다!

시민 라 (칼을 쥐고 박물관장에게 다가간다. 그의 가슴에 칼을 대었다가 힘없이 툭 떨어뜨린다) 당신을 죽이면 알 속에 무엇이 들었었는지 우리들의 고뇌를 해결할 수 있을까요? 나는 당신을 죽이지 못하겠습니다.

박물관장 (떨어진 칼을 주어 들고) 이번엔 내가 너를 찌를 차례.

시민 라 찌르십시오. 나는 당신과의 노름에서 생명을 걸어 잃지 않았던가요? 나를 찌르십시오. 그러나 진실을 들려주십시오.

박물관장 (칼을 라의 가슴에 대고 귀에 나직하게 속삭인다) 그럼 너에게만 말해주마. 그 알은 한 줌의 석회(石灰)로써 만든 것이다. 지금 그것은 상자 속에 부서져 있다. (돌칼로써 시민 라를 찌른다) 이젠 알았는가? 너의 괴로워 하던 양심은 구제되었는가? 이 바보같은 놈의 시체를 치워라. 한 줌의 석회에 자기 목숨을 판 놈이다.

시민들 한 줌의 석회라뇨?

박물관장 시청 광장으로 끌고 가서 장례식이나 잘 치뤄 주어라. 이왕이면 그의 소원이었던 석회로 둥그런 알을 만들어 그 속에 담아 묻어라.

시민들 네, 전하! (시체의 다리를 잡는다)

박물관장 너희들, 나와 내기를 할까? 그 시체를 시청 광장까지 끌고 가는데 이십오 분 걸릴 것 같다. 너희들은?

시민들 (서로 상의하더니) 저희들은 십팔 분이면 충분하다고 생각합니다.

박물관장 그래? (상자 속에서 시계를 꺼내든다) 자, 지금부터 시간을 재기로 한다.

시민들 (시체를 끌고 달려 나간다)

박물관장 미친 놈들이 죽은 개 끌고 가듯 하는군.

후막(後幕)

시민 가 (관객들에게) 시민 여러분, 연극은 끝났습니다. (돌도끼를 내보이며) 그리고 지금은 이것으로 공룡과 대항하는 시대도 아닙니다. 공룡을 박물관에서나 찾아 볼 수 있듯이, 이 돌도끼 역시 박물관에 반납해야겠습니다.

박물관장 (전왕, 박물관 직원이 되어 나온다) 박물관 직원입니다. 빌려준 물건들을 돌려 주시오.

시민 가 용케도 연극이 끝나자마자 오시는군요.

박물관장 끝나고 남는 것들을 모아두는 것이 우리의 임무니까요.

시민 가 이 돌도끼 이외 또 무엇이 있죠?

박물관장 (장부를 펼쳐 보며) 여기 목록이 있습니다. 상자가 하나, 커다란 알이 하나, 그리구 또 미이라 그림이 둘, 원시인 표본 여섯 개입니다.

시민 가 분장실에 가시면 원시인 표본이 있을 거예요. 나머지 물건들은 내가 꾸려 드리겠습니다.

박물관장 (분장실에서) 여기 다섯 개뿐인데요?

시민 가 나머지 하나가 어디 갔을까? (두리번거리다가 자신을 가리키며) 나? (분장실을 향해) 빠진 원시인을 찾았습니다.

박물관장 (라운드 스피커에서 커다란 음성이 울려나온다) 아냐, 사실은 알 속엔 공룡이 들어 있었어. (짧은 사이를 두고 반복) 그게 아니야, 알 속엔 위대한 임금님이 계셨지. (사이) 아니야, 그건 아니다. 알 속엔 공룡이 있었다. (사이) 아니야, 위대한 임금님이 있었

알_95

지…….

시민 가　(괴로워하는 모습으로 분장실로 뒷걸음질치며) 원시적 공포에 사로
잡힌 나! 나! 나! 내가 여기 있습니다!

　　　　-막-

파수꾼

· **나오는 사람들**

해설자
파수꾼 가
파수꾼 나(노인)
파수꾼 다(소년)

해설자　(관객들에게 무대와 등장인물을 설명한다) 이곳은 황야입니다. 이 리떼의 내습을 알리는 망루가 세워져 있죠. 드높이 솟은 이 망 루는 하늘로 둘러싸여 있습니다. 하늘은 연극의 진행에 따라 황혼, 초생달이 뜬 밤, 그리고 아침으로 변할 겁니다. 저기 위 를 바라보십시오. 파수꾼이 앉아 있습니다. 높은 곳에서 하늘 을 등지고 있기 때문에 그는 언제나 시커먼 그림자로만 보입 니다. 그는 내가 태어나기 전부터 파수꾼이었습니다. 나의 늙 으신 아버지께서도 어린 시절에 저 유명한 파수꾼의 이야기를 들으셨다 합니다. 물론 할아버지에게서 들으셨던 거죠. 이제 와선 저 망루 위의 파수꾼은 전설적인 인물이 된 것이지요. 또 다른 파수꾼들, 우리와 같은 시대 사람들입니다. 그들은 망루 아래에서 양철북을 칠 자세를 취하고 있습니다. 망루 위의 파 수꾼이 이리떼를 발견했다 외치면, 그들은 양철북을 두드릴 겁니다. 그 소린 황야에서 울려퍼져서 우리가 살고 있는 마을 에 전달되고, 그럼 주민들은 이리떼의 내습에 대항할 준비를 갖추게 됩니다. 여러분이 잘 아시듯이 이리떼는 무척 교활하 죠. 그들의 습격이 탄로난 걸 알아채면 일단 뒤로 물러납니다. 그리고선 다음 기회를 노리는 거죠. 이러한 반복이 끊임없이 계속되고 있습니다.

망루 위의 파수꾼이 갑자기 외친다.

가　이리떼다, 이리떼! 이리떼가 몰려온다!

파수꾼 가의 손이 번쩍 올려진다. 이리떼가 나타난 방향을 가리킨다.

망루 아래 파수꾼들은 양철북을 두드린다. 외침과 북소리 계속. 불안이 점점 고조된다. 해설자는 달아난다. 노인 파수꾼 나의 북치는 모습은 늠름하다. 소년 파수꾼 다는 두려움에 질려서 헛치기만 하다가 견디지 못하고 납짝 엎드려 버린다.

가   북소리 중지! 이리떼는 물러갔다.

다   (아직도 겁에 질려서) 이리떼라구요?

나   걱정 마라. 이젠 물러갔단다.

다   저는 아무 것도 보지 못했는데요?

나   너는 낮은 곳에 있다. 그러니까 보지 못하는 거야. 하지만 저 망루 위의 파수꾼은 아주 높은 곳엘 있지 않니? 그는 멀리까지 바라본다. 너하곤 위치가 다르다는 걸 알아야지.

가   이리떼다, 이리떼! 이리떼가 몰려온다!

소년 파수꾼 다는 당황해서 다시 엎드리고, 파수꾼 나는 양철북을 두드린다.

가   북소리 중지! 이리떼는 물러갔다.

다   …… 정말 물러갔어요?

나   그렇다. 안심하구 일어나렴.

다   그래도, 저어, 아직 몇 마리 남아있는 건 아닐까요? 그랬다가 엉겁결에 달려들어 꽉 물 수도 있겠구요.

나   파수꾼의 눈은 정확하단다. 단 한 마리의 이리도 그 눈을 피해 숨을 순 없지.

다   아, 저는 그걸 생각 못했어요. 죄송해요. 파수꾼의 눈을 의심했던 건 아닙니다. 다만 이리라는 게 그렇죠, 이리를 믿어선 안된다구 배웠거든요. 이리는 엉큼하고, 사납고, 그 날카로운 이빨에 물리면은……

나 이리가 그렇게도 무섭니?

다 이렇게까지 무서움을 탈 줄은 몰랐거든요. 저 자신도 부끄러워요. 파수꾼이 되는 연습을 할 때엔 이렇진 않았습니다. 제법 용감했죠. 특히 칭찬을 받은 건 제 눈이었어요. 까마득하게 멀리 떨어진 것두 척척 알아냈거든요. 마을 사람들도 감탄했어요. "최고의 눈이다. 넌 파수꾼이 되기 위해 태어났다." 그래서요, 저는 여기에 오길 지원했던 거예요. 그러나 여기 와보니 사정이 다르군요. 저는 한번도 망루 위엘 올라가지 못했습니다. 한 가지 여쭙겠는데요, 왜 저 망루 위의 파수꾼은 교대하질 않죠?

나 저분은 말이다, 지금까지 실수를 하지 않았단다. 단 한번도 이리떼를 놓친 적이 없었어.

다 굉장하네요.

나 아무렴. 넌 언제 그렇게 할 자신이 있니?

다 자신있어요…… 허지만요, 한두 번쯤은 실수도 있을 거예요.

나 그럼 큰일난다. 이리떼의 습격을 놓쳐봐라. 마을의 가축과 사람들은 엄청난 피해를 입는다. 넌 아예 섣불리 망루 위에 올라갈 생각도 마라. 얘야, 저 높은 곳보다 이 아래는 할 일이 많단다. 양철북도 쳐야 하구, 여기저기 놓아둔 이리 덫들도 살펴야 하구……. 방금 전 습격 때, 저쪽에서 탁 치이는 소리가 났었다. 너, 나하고 덫 보러 가지 않을래?

다 전 여기 있고 싶어요.

나 이리가 걸렸으면 좋겠는데…… 그럼 다녀오마.

파수꾼 나 퇴장. 오랜 침묵. 다는 망루 위를 쳐다 보기도 하고 키발을 딛고 사방을 살피기도 한다. 금방 이리가 덤빌 것 같아서 그는 안절부절 못한다. 마침내 두 팔로 얼굴을 감싸고 앉아서 움직이지 않는다. 파수꾼 나가 들어온다. 무겁게 생긴 강철제 덫을 어깨에 둘러 메고 와서 내려 놓는다.

나　또 헛쳤다. 교활한 짐승도 다 있지. 나뭇가지를 대신 끼워 놓고 몸은 달아났지 뭐냐. 애야, 이 덫 좀 함께 벌리자.

두 파수꾼은 덫 입을 함께 벌린다. 이빨들이 달린 덫이 벌어지며 파수꾼들에게 위압을 준다.

다　무섭게 생겼어요.

나　나뭇가지 때문에 이빨이 상했어. 날카롭게 쇠줄로 쓸어야겠다. (쇠줄을 꺼내 덫 이빨을 간다. 금속성의 듣기 싫은 소리가 난다) 가끔 가다 이리가 치어줘야 재미있는데, 통 그래주질 않는단다. 치었는가 가보면 또 헛치었구, 이리는 정말 교활해. 황야에 수천 개의 덫을 놓았지만 용케도 걸려들질 않어. (덫니에 날이 섰는지 엄지 손가락을 대본다) 자, 됐다. 이리야, 이번엔 제발 덜컥 걸려다오. 제자리에 가져다 놓구 오마.

다　내일 아침에 가세요.

나　내일 아침에?

다　그래요. 지금은 어둡잖아요?

나　어둡기는…… 아직 훤해.

다　가시면 안되요. 여긴 아직 훤하지만 덫 놓을 덤불 속은 어두울지 몰라요. 그 속에 이리가 숨어 있다 덤벼들면 어떻게 해요? 저 같으면 내일 아침까진 꼼짝도 안하겠어요.

나   넌 참 겁두 많다.

가   이리떼다, 이리떼! 이리떼가 몰려온다!

소년 파수꾼 다는 엎드리고, 파수꾼 나는 양철북을 두드린다.

가   북소리 중지! 이리떼는 물러갔다.

나   넌 또 엎드렸구나.

다   이리떼, 다 갔어요?

나   양철북이라도 좀 쳐 보질 그랬니? 네가 함께 쳐주면, 나 혼자서 이렇게까진 고달프진 않겠는데…….

다   아, 저는 쓸모 없는 사람 같아요.

잠시 침묵. 파수꾼 나는 상심하는 소년의 얼굴을 다정하게 어루만진다.

나   그래도 난 네가 좋다.

다   제가 좋아요?

나   응.

다   겁만 내는데두요?

나   그래도 좋은 걸. 난, 너 오기 전엔 쓸쓸했었다. 위를 보렴. 저 망루 위의 파수꾼하고는 거리가 너무 멀어 말벗도 안됐다. 그래 난 하루종일 홀로 있는 거나 다름없었지. 양철북도 요란하게 두들기고, 수천 개의 덫을 둘러보러 다녔지만 혼자인 건 어쩔 수 없더라. 얘야, 외롭다는 것 그게 뭔지 아니?

다 몰라요.

나 젊었을 땐 나도 몰랐다. 하지만 나이가 들고 보니, 황야에 바람이 분다든가 깊은 밤 달이 떴을 때, 외롭더라. 그래서 난 마을 촌장님에게 편지를 내었었지. 파수꾼을 한 명 더 보내달라구 말이다. 마침 지원자가 있다더구나. 바로 너였다.

다 용감한 사람이 오길 바라셨죠?

나 아니.

다 저처럼 겁쟁이를 기다리신 거예요?

나 아니.

다 그럼…….

나 누구였으면 하고 미리 정해 두지 않았단다. 그랬다간 만일 틀린 사람이라도 오게 되면 난 덜 기쁘지 않겠니? 그런데 첫눈에 너를 보자 한껏 기뻤다. 그 순간 나는 정한 거란다, 바로 네가 왔으면 하고. 내 뜻은 이루어졌다. 넌 그때 휘파람을 불며 왔었지?

다 네.

나 내 귀가 즐겁더라.

다 고마워요.

나 오히려 고마운건 나다.

황혼이 점점 짙어진다. 해설자, 슬그머니 등장, 마분지로 만든 초승달을 하늘에 걸어놓고 퇴장. 두 파수꾼은 어깨를 나란히 하고 앉아 있다.

나	야, 하늘 곱다. 그지?
다	네.
나	어제 저녁 네가 올 때도 이랬다. 난 평생 그 광경을 잊지 못할 거다. (잠시 침묵) 어떠냐, 너 양철북 치는 방법을 배우지 않을래?
다	배우겠어요.
나	그러면서도 넌 망루 위만 바라보는구나. 그렇게도 올라가고 싶으냐?

다, 고개를 떨군다.

나	양철북 치는 것두 괜찮은 거란다. 소리가 요란하긴 하지만 귀에 익으면 그 재미를 알게 된다. 자아, 우선 여러 가지 박자 만드는 법을 가르쳐 주마. (그는 강약을 두어 양철북을 두드린다) 재미있지? 이 박자치기에 맛 들이면 어느새 이리떼같은 건 다 잊어버린다. 자, 너도 쳐보아라.
다	(나를 따라 양철북을 치다가 갑자기 겁에 질려서 나의 등 뒤에 숨는다) 저기, 저기…….
나	왜 그러니?
다	이리가 오구 있어요.

해설자, 식량 운반인이 되어 등장. 이리 껍질을 썼다. 유모차 비슷한 작은 손수레를 밀며 들어온다.

운반인	안녕하십니까, 파수꾼님? 망루 위의 파수꾼님도 안녕하세요?

제가 왔어요. 저를 좀 보세요! 이렇게 손을 흔들고 있어요!

나　자네 수다 떨긴 여전하군. 어서 짐이나 내려놓게.

운반인　일주일분 식량입니다요. 쌀, 야채, 그리고 마른 생선. 이 속엔 특별요리가 들어 있습니다요. 자, 받으십쇼. 이 맛있는 냄새가 나는 상자를. (나에게 주며) 통째로 구운 닭고기죠. 지난번에 부탁하신 걸 가져왔어요.

나　고마우이, 정말 고마워. (다에게) 안심하고 나와. 식량 운반인이야.

다　왜 이리 껍질을 썼죠?

운반인　왜 이걸 썼느냐구? 이리가 덤비지 않도록 쓴 거지. 이리는 사람을 물지만, 자기네 종족은 물지 않거든. (나에게) 어때요, 맛있는 냄새가 나죠?

나　흥. 흥. 근사한데!

운반인　열어보시죠, 어서.

나　아냐. 지금 열진 않겠어. 두었다가 멋진 저녁을 차릴려구 그래. 환영할 친구가 왔거든. 자네에게 소개함세. 새로 온 파수꾼이야. 아주 용감하지. 양철북 치는 솜씨도 나보다 갑절 낫구.

다　아직은…… 그렇지 않습니다.

운반인　악수를 청해도 되겠지? 왜 머뭇거리나? 아, 내가 쓴 이리 껍질이 마음에 걸리는 모양인데. (머리 부분만 벗어 젖히고) 이젠 됐지?

다　(운반인이 내민 손을 잡는다) 안녕하세요?

운반인　반갑수.

가　이리떼다, 이리떼! 이리떼가 몰려온다!

소년 파수꾼 다는 엎드리고 나는 양철북을 두드린다.

가	북소리 중지! 이리떼는 물러갔다.
운반인	하마트면요, 이리에게 죽을뻔 했습니다요. 껍질을 다시 써서 물리지 않았죠.
나	마을은 어떤가? 난 양철북을 치면서도 걱정이 돼. 주민들은 잘 방비하고 있을까? 별일은 없겠지?
운반인	이리 막는 거야 잘 하고 있죠, 뭐. 하지만 약방 영감 왜 그 말라깽이네 약방 영감 말이예요, 그 영감이 지붕 위에서 떨어져 두 다리를 몽땅 부러트렸지 뭐요. 그 영감, 재수 옴 붙었지. 글쎄, 새벽녘에 잠이 깰까말까 하는데 양철북 소리가 은은히 들려 오더래요. 그러자 거리에서 사람들이 외치기를 "으악! 이리떼가 올려온다" 영감 넋 나갔죠. 지붕 위로 피신가는데요, 몸은 떨리구, 뒤에선 금방 이리가 물 것 같겠다, 엉금엉금 기어 올라가다 뚝 떨어진 거죠.
나	그런 말 하는 게 아냐.
운반인	그렇죠, 뭐. 지붕 위에서 떨어진 영감이 한둘이어야지요. 양철 북소리 들려오구? 이리떼다!? 하니까, 우물속에 빠져 죽은 아이 이야길 제가 했던가요?
나	그만 두게.
운반인	그렇죠, 뭐. 우물속에 빠져 죽은 아이가 어디 한둘이어야죠. 수두룩하니까 별로 우습지도 않아요. 자기 집에 불을 지른 남자 이야기는 어때요? 담배를 피우려구 성냥을 그었는데 들려오는 양철북 소리! 그 남자 엽총 들고 뛰어나가 신나게 공포 쏜 건 좋았죠. 허나 집에 돌아와보니 불…….
나	그만 두래도!
운반인	그렇죠, 뭐. 집 불태운 남자가 어디 한둘인가요? 북소리 들려

오구 "이리떼가 몰려온다" 하니까······.

나　(역정을 내며) 제발 그만 둬!

운반인　왜 그래요? 하긴 그렇죠, 뭐.

나　뭐가 그렇다는 거야?

운반인　(시무룩하게) 아무 것두 아녜요.

나　남의 불행을 재미있어 하면 안되네.

운반인　그게 어디 남의 불행인가요? 나도 그 속에 살고 있으니까 내 불행이죠 뭐. 짐 다 내려놨으니 이만 돌아가겠어요.

다　저녁 식사하고 가세요.

운반인　밤 되기 전에 가봐야겠어.

다　곧 밤이 돼요. 식사하시구 자구 가세요.

운반인　여긴 재미 없는 걸. 양철북소리 들려올 때 "이리떼가 온다!" 외치면······.

나　자네가 외치구 다니나?

운반인　그렇죠, 뭐. "이리떼다" 하고 외치는 사람이 한둘이어야죠. 모두들 외치는데요. 지난주 화요일 밤, 북소리 들려와서 "이리떼다" 외치구 골목을 막 돌아서는데, 웬 여자가 내 어깨에 매달립디다. 열여섯이나 일곱쯤 될까요, 두려워서 바들바들 떠는 게 꽤 예쁘더군요. 말 들어보나마나 어디 안전한 곳으로 데려다 달라는 거죠. 마침 골목 끝에 대피용 지하실이 있어서······ (웃는다)

나　그래 어떻게 했나?

운반인　처음엔 껴안아 줄려구만 그랬어요. 허지만 나도 사낸데 어디 그래요? 마침 지하실엔 단 둘뿐이었겠다, 그앨 바닥에 눕히고 재밀 좀 봤죠.

나	(치미는 분노를 꾹 참으며) 어서 가게.
운반인	안녕히 계십시오, 파수꾼님.
나	(다를 가리키며) 다음에 올 땐 이애 물건을 가져 와. 밤에 덮고 잘 담요가 없어.
운반인	언제 가져 올까요?
나	내일 아침 당장 가지고 와.
운반인	알았어요. 내일 아침 또 오죠. (다에게) 잘 있수. 랄랄랄라라 라…….

해설자, 빈수레를 끌고 퇴장.

다	화나셨어요?
나	아니.
다	성난 얼굴인데두요?
나	아까 그 운반인 말이다, 이리 같은 놈이다. 오늘 밤에도 어두운 거리에 숨었다가 몹쓸 재미를 노리겠지. 나의 양철북 소릴 그런 놈들이 악용하고 있다니, 마음 상한다. (사이) 그만 두자. 이러다가는 오늘 저녁이 쓸쓸해질 것 같구나. 애, 우리 식탁을 차리지 않겠니?

두 파수꾼은 야외용 식탁을 펴놓는다. 접시도 준비된다. 조그맣게 생긴 석유램프도 식탁 한가운데 놓여진다. 다가 성냥을 그어 램프에 불을 붙이려는 순간, 망루 위의 파수꾼이 소리지른다.

가	이리떼다, 이리떼! 이리떼가 몰려온다!

다는 불을 켜지도 못하고 식탁 밑으로 숨는다. 나만 홀로 어둠 속에서
양철북을 두드린다.

가   북소리 중지! 이리떼는 물러갔다.

나   불을 켜렴.

다   …… 이리, 다 갔어요?

나   너 어디에 있니?

다   식탁 밑에요.

나   이린 다 갔다. 안심하고 나오너라.

다가 석유램프에 불을 붙인다. 식탁 주위가 밝아진다. 노인과 소년은
식탁에 마주 앉는다.

나   (요리가 든 상자를 내밀며) 냄새를 맡아 보겠니?

다   맛있겠는데요.

나   널 위해 마련했단다. 애야, 용감한 사람이 되마구 약속해 줄래?

다   저는 겁보예요. 잘 아시잖아요?

나   내 얼굴을 보아라. 아직도 성난 표정인 건 아마 너에 대해선지
도 모르겠다. 좀 영리한 자들은 나쁜 짓만 하구, 너처럼 착한
애는 겁쟁이니까 말이다. 둘다 속상하기는 마찬가지다. 애야,
지금 곧 너더러 용감해지라는 건 아냐. 허지만 너도 언젠가는
용감한 남자가 될 수 있지 않겠니?

다   (한숨을 쉬고나서) 그럴 수 있을까요, 저두?

나   그럼. 처음부터 용기를 가지고 태어나는 사람은 없단다. 수천
번 두려워 하다가도 단 한번 그 두려움과 맞설 때, 그 사람을

용기있다구 부르는 거야. 자, 약속해 주겠니?

다   약속해요.

나   됐다. 상자의 뚜껑을 열으렴. 큼직한 닭이었으면 좋겠구나.

다   굉장히 커요!

나   반으로 자르거라. 한 몫은 저 망루 위의 파수꾼 거다. 나머지 반절은 너와 내가 나누자. (망루 위를 향하여 외친다) 식사하십시오!

가 대답이 없다.

다   망루 위에 올라가서 말씀드릴까요?

나   아니다. 저분은 누가 망루 위에 올라오는 걸 싫어해. 음식은 그냥 놔두면 잡수시고 싶을 때 줄을 내려 보낸단다. 그럼 그 줄에 매달아 드림 되는 거야. 사실 저녁 식사만이라도 함께 하면 얼마나 좋겠니. 이 석유램프 불빛이 좀 아름다우냐? 그런데 텅빈 식탁에 홀로 앉아 저녁식사를 할 때엔 이 아름다운 불빛에 비춰 볼 얼굴이 그립더라. 얘야, 어서 먹으렴.

두 파수꾼들은 식사를 계속한다. 한동안 말이 없으나 시선이 마주 칠 때마다 흐뭇한 미소가 떠오른다.

나   난 네가 좋아.

다   하루종일, 그 말씀뿐이었어요.

나   그래도 부족한 걸 어떻게 하니?

다   저에겐 너무 과분한 걸요.

나	아니야. 넌 네가 얼마나 중요하다는 걸 몰라서 그래. 넌 아직 채워지지 않은 내 꿈, 나를 애태우는 갈증이란다. 이 황야의 한복판에서 난 너라는 꿈을 꾼다. 현실에선 보이지 않는 고결한 것, 사라진 옛날의 파수꾼들, 넌 바로 그것이 되어야 한다. 예전엔 많은 파수꾼들이 이 망루 아래에서 살다 죽는 걸 자랑으로 여겼지. 일생을 여기 쓸쓸한 땅에서 보내며 그저 말없이 이리떼와 대항한 그 생애를 기뻐했단다. 그들은 지금 이 황야에 묻혀 있어. 웅장한 대리석 관에 잠들기보다, 한 닢 갈대 아래 매장되는 걸 사내답다고 생각했다. 파수꾼이란 그런 거야. 난 여기서 죽을 것이다. 너의 두 손이 내 눈을 감길 때, 난 다음을 이어줄 너에게 감사할 거다. 보아라, 저쪽 아래 묻힌 옛 파수꾼들이 모두 일어나 침묵 속에 너를 보고 있잖니? 넌 그들의 꿈이야. 이 황야의 크기와 맞먹는 꿈, 이젠 네가 얼마나 소중하다는 걸 알겠니?
다	아, 내가 겁보만 아니었더라면…….
나	넌 나에게 약속했다. 벌써 잊었어?
다	아뇨. 그래도 자꾸만 겁이 나는 걸요.
나	난 너의 약속을 믿는다. 제발 기대에 어긋나지 말아라.
다	네.
나	난 네가 좋아.
다	저도…….
나	내가 좋으냐?
다	네.
나	모처럼 즐거운 밤이구나. 구운 고기도 맛이 있고. 얘, 좀 더 먹지 그러니?

다　됐는 걸요, 이만하면.

나　(하품을 하며) 오랜만에 포식을 했더니 졸립다. 잠시 눈을 붙여
　　야겠다. (자기 담요를 덮으려다 다를 대신 덮어 주며) 춥지? 조금만
　　날 지켜 주렴. 곧 깨어나 너와 교대하마.

다　이 담요, 덮고 주무세요.

나　아냐, 너나 덮어. 난 습관이 돼서 괜찮다.

다　천막에 가서 주무시지 그러세요?

나　잠시 웅크리고 자면 되는 걸.

파수꾼 나, 식탁에 상반신을 엎드리고 눈을 감는다.

다　이리떼가 오면 어떻게 하죠?

나　(잠에 빠져가는 졸리는 목소리로) 넌 약속했지?

다　약속했어요. 허지만요, 제가 용감할 수 없을 때 이리떼가 오면
　　어떻게 해요?

나　(웃으며) 네가 용감할 그때를 꼭 맞추어 와 달라구 부탁하렴.

다　하는 수 없군요.

나　부탁했니?

다　못했어요.

나　왜 하질 않구?

다　이리가 어디 들어 주겠어요?

나　하긴 그렇구나.

침묵. 파수꾼 나는 잠들었다. 오랜 사이. 다도 꾸벅꾸벅 졸기 시작한
다. 램프 불빛만 남고 모든 것이 서서히 어둠 속에 묻힌다. 해설자, 슬

그머니 들어와서 초승달을 떼어 간다. 사이. 주위가 희미하게 밝아오면 새벽. 바람소리가 요란해진다. 파수꾼 다가 문득 잠을 깬다. 그는 잠시 멍하니 둘러본다. 차츰 정신이 들자. 사태가 심상하지 않다고 생각한다. 그는 램프를 들고 일어난다.

다 바람소리? 아니면 이리떼가 몰려오는 소리일까? 무서워지는데. 난 어쩌면 좋아! (잠든 파수꾼 나에게 다가간다) 아니, 깨울 순없어. 좀더 주무시도록 해야지. (나의 얼굴을 램프 불빛에 비춰 보며) 이 주름진 얼굴, 햇빛과 바람에 거칠어진 피부, 근심 많은 분이 잠드신 것을…… 그런데 무섭다구 깨운다는 건 염치없는 짓일 겁니다. 황야는 어젯밤보다 수천 배나 넓어졌습니다. 그리고 난 외톨이에요. 지금 내가 얼마나 쓸쓸한지 아시겠지요? 하지만요, 주무십시오. 어떻게 난 견뎌보겠어요. (잠든 나에게 담요를 벗어주고 물러난다) 왜 새벽공기는 얼음처럼 차거울까? 손발이 얼어 붙는 걸. 이럴 때 말야, 이리떼가 와서 덤벼들면 난 꼼짝없이 죽겠지? 반항 한번 못하고 죽는 건 억울해. 여기 계신 파수꾼님도 당하고 말 거야. 그리고 마을의 가축들은? 그 순한 양이며 염소들은 지금 곤한 잠을 잘 텐데? 또 마을 사람들은? 모두 이리떼 밥이 되겠다. 아, 무서워! (식탁으로 뛰어갔다가 멈칫 서서) 아니, 주무십시오. 난 견디겠어요. (사이, 얼굴표정이 밝아지며) 그래, 괜한 걱정을 했군. 망루 위에 파수꾼이 감시할 테니까, 안심해도 돼. (망루 위를 향하여) 망루 위의 파수꾼님, 눈을 뜨고 계셔요? …… 왜 대답이 없으시죠? (침묵) 망루 위의 파수꾼님, 당신마저? 당신까지 잠드셨군요! …… 나 혼자다. 눈을 뜨고 있는 건 나 혼자뿐야. …… 바람소리?

아니면 이리떼가 몰려오는 소릴까? 아무래도 수상해. 난 어쩌면 좋지? 그래, 망루 위에 올라가자. 눈을 뜬 건 나뿐이잖아. 내가 이리떼를 감시해야지.

파수꾼 다는 양철북을 메고 망루 위로 올라간다. 가는 여느때와 같은 부동자세. 다는 숨어들듯 가의 등 뒤에 서서 황야를 바라본다.

다 　아름다워라. 새벽의 황야가 이렇게 아름다울 줄은!
가 　이리떼다, 이리떼! 이리떼가 몰려온다!

파수꾼 다는 기겁하듯 놀란다. 망루 아래로 급히 내려온다. 그는 양철북을 두드리려고 하지만 겁에 질린 듯이 헛치기만 한다. 그는 땅에 엎드린다.

가 　북소리 중지! 이리떼는 물러갔다.
다 　흐유! (망루 위를 향하여) 이리뗀 정말 다 물러갔나요? 대답해 주세요. (침묵) 왜 말이 없으시죠? 잠드셨나요? 파수꾼님, 당신은 또 잠드셨군요?

파수꾼 다는 망루 위에 올라간다.

다 　이리떼만 없다면 이곳은 얼마나 평화로운 곳일까? 지평선 저 멀리 하늘가를 좀 봐. 하얀 구름이 흘러가네.

사이.

가　　이리떼다, 이리떼! 이리떼가 몰려온다!

파수꾼 다는 황급히 망루 아래로 내려와 엎드린다. 그러나 어떤 의아로움이 두려움 속에서 생겨난다. 그는 망설이듯 일어나 망루 위에 올라가 사방을 바라본다.

가　　이리떼다, 이리떼! 이리떼가 몰려온다!

파수꾼 다는 망루 위에서 내려오지 않는다. 소리를 지르는 가와 황야를 번갈아 바라본다.

가　　북소리 중지! 이리떼는 물러갔다!

파수꾼 다는 망루 아래로 내려온다. 심한 충격을 받은 표정이다.

다　　이리떼라구요? 황야 저쪽에는 흰 구름뿐이었어요.

긴 침묵. 밝아지는 아침. 식탁 위의 석유램프 불빛은 희미해졌다. 파수꾼 나가 잠에서 깨어 일어난다. 너무 잤다는 듯이 흠칫 놀라며, 그는 램프불을 끈다. 그리고 뒤돌아서다가 망루에 등을 기대고 앉아 있는 다를 발견한다.

나　　잘 잤니?
다　　(힘없이) …… 네.
나　　너, 어디 아픈 게 아니냐?

다	…… 아뇨.
나	날 일찍 깨우지 않고. (다의 이마를 짚어보며) 열이 많다. 담요를 덮지 않아서 그래. 난 괜찮대두 날 덮어주었구나.
다	아뇨. 담요는 밤새껏 제 차지였어요. 새벽 무렵에야 덮어드린 걸요.
나	아무래도 너 아픈 것 같다. (다의 몸을 담요로 감싸주며) 몸을 덮혀라.
다	(방치해 둔 이리 덫을 물끄러미 바라보며) 저 덫으로 흰 구름을 잡나요?
나	응? 흰 구름을?
다	네. 하늘의 흰 구름을요.
나	구름을 어떻게 덫으로 잡니?
다	그래요. 구름은 흘러가는 거예요. 푸른 하늘에 두둥실 떠서 고요히 흘러만 가요. 이리 덫으론 잡을 수 없죠.
나	헛소릴 하는구나, 넌. 몸을 덥히고 있으면 곧 나을거야. (덫을 어깨에 짊어지고) 아침이 됐으니 덤불 속도 훤해졌겠지. 그럼 덫 놓구 오마.
다	그 덫으로는 흰 구름을 못 잡아요.

파수꾼 나, 덫이 무거워 비틀거리며 퇴장한다. 잠시 후, 해설자가 운반인이 되어 손수레를 끌고 등장.

운반인	잘 있었나, 어린 파수꾼?
다	어서 오세요.
운반인	담요 가져 왔어. 고참 파수꾼은 어디 가셨나?

다	덫 놓으러 가셨어요.
운반인	엊저녁 말씀대로 날이 새자마자 가져 왔는데 칭찬을 못 듣게 됐군.
다	기다리시면 오실 거예요.
운반인	아니, 그냥 가야지. 여길 잠시라도 있고 싶지 않아. 너무 쓸쓸해. 망루만 솟아 있지 뭐 볼 것두 없구. 난 네 마음을 모르겠어. 여긴 왜 있지? 평생 있어봐야 그게 그거 아냐? 양철북이나 두들기는 거밖에 더 있느냐 말야. 아까운 인생만 썩혀 보내는 거지. 어젯밤에 난 너를 생각했어. 너는 인생을 즐겨야 해. 어때? 달아나지 않으려나? 이 수레에 타라구. 어디든지, 네가 가구 싶은 대로 태워다 줄게.
다	어젯 저녁에 말씀해 주지 그랬어요. 이리가 무서워서라도 아마 난 당신의 수레에 탔을 거예요. 하지만 지금은 안돼요. 타고 싶어도 탈 수 없어요.
운반인	왜 그래? 무슨 일이 있었나?
다	마을에 가시거든 이 편지를 촌장님께 전해 주세요. 아주 중대한 거예요.
운반인	내용이 뭔데?
다	말할 수 없어요.
운반인	괜찮어, 말 안해두. 도중에 뜯어 보면 알게 될 걸 뭐.
다	보시면 안돼요.
운반인	걱정 말아. 곧장 촌장님께 전할 테니까. 그럼 잘있어. 랄랄 라 라라…….

해설자, 퇴장. 사이. 파수꾼 나가 들어온다.

나　아침식사 하겠니?

다　지금 아무 것도 먹고 싶지 않아요.

나　무얼 좀 먹어야 기운이 나는 거란다. 애, 남은 닭고기 너나 먹으렴. (음식 담긴 접시를 다에게 가져가 턱 밑에 받쳐든다) 네 얼굴이 핼쑥하다. 몹시 아프니?

다　파수꾼님 ……

나　응?

다　이리는 정말 없는 거죠?

나　오호라, 넌 이리가 무서워서 병난 거구나. 요 겁쟁이, 우리 양철북을 두드리자. 그걸 힘껏 두드리고 있노라면 이리떼가 덜 무서워질 거야.

다　양철북을 쳐요?

나　그래. 치는 법을 가르쳐 주마.

다　소용없어요, 그건. 사실을 말씀 드리죠. 오늘 새벽 눈을 뜨고 있던 건 저뿐이었어요. 모두들 잠을 잤구요. 그 틈을 노려 이리떼가 습격해 오면 어쩌나 하구 전 두려웠어요. 그래서요, 저는 망루 위에 올라갔던 거예요. 그 높은 곳에서 저는 이 황야의 전부를 바라보았죠. 아무 데도 이리는 없더군요. 보이는 거라고는 저 멀리 하늘가에 흰 구름뿐이었어요. 그걸 향해 망루 위의 파수꾼은 "이리떼다!" 외쳤습니다. 세 번이나요. 세 번, 저는 망루 위에서 그걸 제 눈으로 보았어요. 이리떼라곤 없어요. 흰 구름뿐이에요.

나　애야, 난 네 맘을 안다. 넌 망루 위엘 올라가고 싶었겠지? 이리가 무서웠구. 더구나 어린 너에겐 이 쓸쓸한 곳이 맞질 않는다. 그래서 넌 헛소리를 하는 거야.

다	저는 정말 망루 위에 올라갔었어요.
나	그럴 리 없어. 넌 아까부터 제정신이 아니더라. 뒷으로 어찌 구름을 잡겠느냐고 횡설수설할 때부터 난 걱정스러웠다. 제발, 이리떼가 없다는 소린 하지도 말아라.
다	여기 낮은 곳에 있으니까 모르는 거예요. 하지만 저 높은 곳엘 올라가면 이리떼가 없다는 걸 알게 돼요.
나	애야, 자꾸만 우기지 말아라. 나는 이 황야에서 평생을 지냈단다. 넌 여기 온 지 겨우 사흘밖엔 안됐구. 그런데, 사흘밖에 안된 네가 평생을 보낸 나보다 뭘 잘 안다구 그러니?
가	이리떼다, 이리떼! 이리떼가 몰려온다!

파수꾼 나는 확신있게 양철북을 두드린다. 다는 여느 때와는 달리 침착하게 일어선다. 그리고 담요를 벗이 네모 반듯이 갠 디음 식탁 위에 놓는다. 그는 북을 두드리는 나를 바라 보면서 몹시 안타까운 표정이 된다.

가	북소리 중지! 이리떼는 물러갔다.
다	정말 이리가 있다구 믿으세요?
나	보렴, 방금도 이리떼가 오질 않았니? 그렇지 않다면 내가 왜 양철북을 치며 평생을 보냈겠느냐? 서운하다. 아무리 아픈 애라지만 너무 심한 말을 하는구나.
다	죄송해요. 하지만 어쩜 그 많은 나날을 단 한번도 의심없이 보내셨어요?
나	넌 그렇게도 무섭니, 이리가?
다	오히려 이리가 있다고 믿었던 때가 좋았던 것 같아요. 그땐 숨

기라도 했으니까요. 땅에 엎드리면 아늑하게 느껴졌어요. 지금은요, 이리가 없으니 땅에 엎드려야 아무 소용 없구요, 양철북도 쓸모가 없게 됐어요. 오직 이제는 제가 본 그 사실만을 말하고 싶어요.

해설자. 촌장이 되어 등장. 검은 옷 차림. 이해심이 많아 보이는 얼굴과 정중한 태도. 낮고 부드러운 음성으로 말한다.

촌장   수고하시는군요, 파수꾼님.

나   아, 촌장님. 여긴 웬일이십니까?

촌장   추억을 더듬으러 왔습니다. 이 황야는 내가 어린 시절 야생 딸기를 따러 오곤 했던 곳이지요. 그땐 이리가 무섭지도 않았나 봐요. 여기저기 덫이 깔려 있고 망루 위의 파수꾼이 외치는데도 어린 난 딸기 따기에만 열중했으니까요. 그 즐거웠던 옛 추억, 오늘 아침 나는 그 추억을 상기시켜 주는 편지를 받았습니다. 그래 이곳엘 찾아온 거예요.

나   잘 오셨습니다, 촌장님.

촌장   오래 뵙지 못했더니 그동안 흰 머리가 더 많아지셨군요.

나   촌장님두요, 더 늙으셨어요.

촌장   오다 보니까 저쪽 덫에 이리가 치어 있습니다.

나   이리요? 어느 쪽이오?

촌장   저쪽요, 저쪽. 찔레 덩쿨 밑이던가요…….

나   드디어 잡는군요!

파수꾼 나 퇴장. 촌장은 편지를 꺼내 다에게 보인다.

촌장　이것, 네가 보낸 거니?

다　네, 촌장님.

촌장　나를 이곳에 오도록 해서 고맙다. 한 가지 유감스러운 건, 이 편지를 가져온 운반인이 도중에서 읽어 본 모양이더라. "이리 떼는 없구, 흰 구름뿐." 그 수다쟁이가 사람들에게 떠벌리고 있단다. 조금 후엔 모두들 이곳으로 몰려올 거야. 물론 네 탓은 아니다. 넌 나 혼자만을 와달라구 하지 않았니? 몰려오는 사람들은, 말하자면 불청객이지. 더구나 어떤 사람은 도끼까지 들고 온다더라.

다　도끼는 왜 들고 와요?

촌장　망루를 부순다구 그런단다. "이리떼는 없구 흰 구름뿐." 그것이 구호처럼 외쳐지구 있어. 그 성난 사람들만 오지 않는다면 난 너하구 딸기라도 따러가고 싶다. 난 어디에 딸기가 많은지 알고 있거든. 이리떼를 주의하라는 팻말 밑엔 으례히 잘 익은 딸기가 가득하단다.

다　촌장님은 이리가 무섭지 않으세요?

촌장　없는 걸 왜 무서워 하겠니?

다　촌장님도 아시는군요?

촌장　난 알고 있지.

다　아셨으면서 왜 숨기셨죠? 모든 사람들에게, 저 덫을 보러간 파수꾼에게, 왜 말하지 않는 거예요?

촌장　말해 주지 않는 것이 더 좋기 때문이다.

다　거짓말 마세요, 촌장님! 일생을 이 쓸쓸한 곳에서 보내는 것이 더 좋아요? 사람들도 그렇죠! '이리떼가 몰려온다.' 이 헛된 두려움에 시달리는데 그게 더 좋아요?

촌장 애야, 이리떼는 처음부터 없었다. 없는 걸 좀 두려워 한다는 것이 뭐가 그렇게 나쁘다는 거냐? 지금까지 단 한 사람도 이리에게 물리지 않았단다. 마을은 늘 안전했어. 그리고 사람들은 이리떼에 대항하기 위해서 단결했다. 그들은 질서를 만든 거야. 질서, 그게 뭔지 넌 알기나 하니? 모를 거야, 너는. 그건 마을을 지켜주는 거란다. 물론 저 충직한 파수꾼에겐 미안해. 수천 개의 쓸모없는 덫들을 보살피고 양철북을 요란하게 두들겼다. 허나 말이다, 그의 일생이 그저 헛되다고만 할 순 없어. 그는 모든 사람들을 위해 고귀하게 희생한 거야. 난 네가 이러한 것들을 이해하여 주기 바란다. 만약 네가 새벽에 보았다는 구름만을 고집한다면, 이런 것들은 모두 허사가 된다. 저 파수꾼은 늙도록 헛북이나 친 것이 되구, 마을의 질서는 무너져 버린다. 애야, 넌 이렇게 모든 걸 헛되게 하고 싶진 않겠지?

다 왜 제가 헛된 짓을 해요? 제가 본 흰 구름은 아름답고 평화로웠어요. 저는 그걸 보여 주려는 겁니다. 이제 곧 마을 사람들이 온다죠? 잘 됐어요. 저는 망루 위에 올라가서 외치겠어요.

촌장 뭐라구? (잠시동안 침묵을 지킨 후에 웃으며) 사실 우습기도 해. 이리떼? 그게 뭐냐? 있지도 않은 그걸 이 황야에 가득 길러놓구, 마을엔 가시 울타리를 둘렀다. 망루도 세웠구, 양철북도 두들기구, 마을 사람들은 무서워서 떨기도 한다. 아하, 언제부터 내가 이런 거짓놀이에 익숙해졌는지 모른다만, 나도 알고는 있지. 이 모든 것이 잘못되어 있다는 걸 말이다.

다 그럼 촌장님, 저와 같이 망루 위에 올라가요. 그리구 함께 외치세요.

촌장 그래, 외치마.

다 아, 이젠 됐어요!

촌장 (혼잣말처럼) …… 그러나 잘 될까? 흰 구름, 허공에 뜬 그것만 가지구 마을이 잘 유지될까? 오히려 이리떼가 더 좋은 건 아닐지 몰라.

다 뭘 망설이시죠?

촌장 아냐, 아무것두 …… 난 아직 안심이 안돼서 그래. (온화한 얼굴에서 혀가 낼름 나왔다가 들어간다) 지금 사람들은 도끼까지 들구 온다잖니? 망루를 부순 다음엔 속은 것에 더욱 화를 낼 거야! 아마 날 죽이려구 덤빌지도 몰라. 아니 꼭 그럴 거다. 그럼 뭐냐? 지금까진 이리에게 물려 죽은 사람은 단 한 명도 없었는데, 흰 구름의 첫날 살인이 벌어진다.

다 살인이라구요?

촌장 그래, 살인이지. (난폭하게) 생각해 보렴, 도끼에 찍힌 내 모습을 피가 샘솟듯 흘러 내릴 거다. 끔찍해. 얘, 너는 내가 그런 꼴이 되길 바라고 있지?

다 아니에요, 그건!

촌장 아니라구? 그렇지만 내가 변명할 시간이 어디 있니? 난 마을 사람들에게 왜 이리떼를 만들었던가, 그걸 알려줘야 해. 그럼 그들도 날 이해해 줄 거야.

다 네, 그렇게 말씀하세요.

촌장 허나 내가 말할 틈이 없다. 사람들이 오면, 넌 흰 구름이라 외칠거구, 사람들은 분노하여 도끼를 휘두를 테구, 그럼 나는, 나는 …… (은밀한 목소리로) 얘, 네가 본 그 흰 구름 있잖니, 그건 내일이면 사라지고 없는 거냐?

다 아뇨. 그렇지만 난 오늘 외치구 싶어요.

촌장	그것 봐. 넌 내 피를 보구 싶은 거야. 더구나 더 나쁜 건, 넌 흰 구름을 믿지도 않아. 내일이면 변할 것 같으니까, 오늘 꼭 외치려구 그러는 거지. 아하, 넌 내가 본 그 아름다운 걸 믿지도 않는구나!
다	(창백해지며) 그건, 그건 아니에요!
촌장	그래? 그럼 너는 내일까지 기다려야 해. (괴로워하는 파수꾼 다를 껴안으며) 오늘은 나에게 맡겨라. 그러면 나도 내일은 너를 따라 흰 구름이라 외칠 테니.
다	꼭 약속하시는 거죠?
촌장	물론 약속하지.
다	정말이죠, 정말?
촌장	그럼. 정말 약속한다니까.

파수꾼 나가 들어온다.

나	또, 헛치었습니다. 이리는 워낙 교활해서요, 친 것 같아도 가 보면 달아나구 없어요.
촌장	다음에는 꼭 잡히겠지요.
나	미안합니다. 이번에 잡았더란면 그 껍질을 촌장님께 선사하구 싶었는데 …… .
촌장	받은 거나 다름없이 감사합니다.
나	(촌장에게 안겨있는 다를 가리키며) 그앤 지금 몹시 아픕니다.
촌장	네. 열이 있는 것 같군요.
다	간밤에 담요를 덮지 않아서 병이 났어요.
촌장	이만한 나이 때 누구나 한번씩은 앓는 병이겠지요.

나	내 잘못이었어요. 담요를 꼭 덮어줘야 하는 건데. (다에게) 얘야, 난 널 좋아해. 아픈 것 빨리 좀 나아주렴.
다	(힘없이 웃으며) …… 고마워요.
나	(관객석쪽으로 돌아서다가, 흠칫 놀라며) 웬 사람들이 이렇게 몰려 오죠?
촌장	마을 사람들이죠.
나	마을 사람들요?
촌장	(관객들을 향해) 어서 오십시오, 주민 여러분. 이애가 그 말을 꺼 낸 파수꾼입니다. 저기 빙긋 웃고 있는 식량 운반인, 이애가 틀림없지요? 네, 그렇다고 확인했습니다. 이리떼인지 아니면 흰 구름인지, 직접 이 아이의 입을 통하여 들어봅시다.

파수꾼 다, 쓰러질 것 같은 걸음으로 망루를 향해 걸어간다. 나가 근 심스럽게 쫓아간다.

나	얘야, 괜찮겠니?
다	…… 네.
나	아무래도 걱정이 되는구나. 넌 이리떼란 말만 들어도 벌벌 떠 는 겁쟁이인데. 망루 위에 올라가서 엎드리면 안돼. 이렇게 많 은 사람들이 널 보러오지 않았니? 얼마나 큰 영광이냐. 이 기 회에 말이다, 넌 너 자신이 파수꾼이라는 걸 힘껏 자랑해야 한 다. 알았지, 응?
촌장	그만 올라가게 하십시오.

파수꾼 다는 망루 위에 올라간다. 긴 침묵. 마침내 부르짖는다.

다　이리떼다, 이리떼! 이리떼가 몰려온다!

파수꾼 가의 손이 번쩍 들려지며 그도 외친다. 파수꾼 나는 신이 나서 양철북을 두드린다. 북소리, 한동안 계속된다.

가　북소리 중지! 이리떼는 물러갔다.
촌장　주민 여러분! 이것으로 진상은 밝혀졌습니다. 흰 구름은 없으며 이리떼뿐입니다. 이 망루는 영구히 유지되어야겠지요. 양철북도 계속 쳐야 할 것입니다. 여러분, 다음 이리의 습격 때까진 잠시 시간적 여유가 있습니다. 그 틈을 이용하여 돌아가십시오. 가시거든 마을 광장에 다시 모이시기 바랍니다. 수다쟁이 운반인의 처벌을 논의합시다. 그럼 어서 돌아가십시오. 이리떼가 여러분을 물어뜯으러 옵니다.

망루 위에서 파수꾼 다가 내려온다.

나　난 네가 이렇게 용감해질 줄은 몰랐구나.
촌장　고맙다. 정말 잘해 주었다.
나　아냐, 난 몰랐던 건 아니었어. 넌 나에게 용감한 사람이 되마구 약속하질 않았니? 난 그때 이미 알아 본 거야, 넌 꼭 훌륭한 파수꾼이 될 거라구.
촌장　애, 나 좀 보자. (한갓진 곳으로 데리가 가서) 너한테는 안됐다만, 넌 이곳에서 일생을 지내야 한다.
다　……네?
촌장　마을엔 오지 말아라.

다   (침묵)

바람 부는 소리가 거칠게 들려온다.

촌장   난 저 사람들이 싫어. 내 마음은 너와 함께 딸기 따기에 가있다. 넌 내 추억이야. 너에게는 내가 늘 그리워하던 것이 있다.

사이.

촌장   …… 하지만, 여긴 너무 쓸쓸해.

사이.

촌장   그럼, 잘있거라.
나   가시려구요, 촌장님?
촌장   사람들이 기다리고 있어서요.
나   제가 저만큼 바래다 드리지요. 덫도 좀 살펴볼 겸해서요. (함께 걸어가며) 그런데 말입니다, 양철북을 치던 내 모습이 멋있지 않던가요?

촌장과 파수꾼 나, 퇴장한다. 바람소리만이 더욱 거칠어진다. 잠시 후, 망루 위의 파수꾼이 "이리떼다!" 외친다. 파수꾼 다는 조용히 양철북을 두드리기 시작한다.

–막–

내마

· **나오는 사람들**

내 마 (記錄官)

실 성 (마립간)

눌 지 (前 마립간의 長子)

미사흔 (次子)

복 호 (三子)

아 로 (實聖의 딸)

기 택 (귀족)

사 율 (〃)

재 서 (〃)

가 배 (〃)

대 사

근위병

화 가

장님 걸인

귀족들

가축 시장의 사람들

1막

1장

육중한 관(棺), 꽃으로 치장돼 있다. 눌지, 미사흔, 복호 및 귀족들이
관을 메어들고 입장한다. 그 귀족들은 관을 내려 놓고 죽음을 애도한
다음 회의를 시작한다.

기택 (회의 주재자로서, 귀족들에게) 귀족 여러분, 그럼 토의 대상에 올
랐던 분들 중에서, 국가가 가장 필요로 하는 인물을 골라 봅시
다. 신중히 생각하시고, 각자 자기가 추대하고 싶은 분의 이름
을 불러 주십시오. 먼저 오른쪽에 계신 분부터−.

귀족들, 둘러앉은 차례대로 호명한다.

사율 눌지님을 추대합니다.
가배 나 역시, 눌지님을.

귀족들, 한결같이 "눌지"라고 말한다. 내마, 회의를 기록한다.

기택 나도 눌지님이요. 그럼 우리 귀족 희의는 이렇게 결정됐습니
다. "눌지님을 만장일치로 추대한다." 이의 없소?
귀족들 이의 없습니다.

기택 그렇다면 이 금관을 눌지님께 드립시다.

귀족들, 눌지에게 가서 금관을 씌워 준다. 미사흔과 북호가 축하하는 가운데 눌지는 귀족들에게 답례한다.

눌지 감사합니다, 귀족 여러분.

눌지의 답례 인사는, 갑자기 두들겨대는 문 소리와 겹쳐진다. 고구려 대사, 시들어 빠진 조화(弔花) 한 다발을 들고 온다. 귀족들은 그를 보자 꺼림직한 기분이 든다.

대사 모두들 안녕하십니까?
기택 데시님, 여긴 웬일이시오?
대사 날씨가 매우 좋습니다. 후덥지근한게, 좀 무덥기는 합니다만,
기택 급한 볼일이 아니시라면, 나중에…….
대사 다 알구 왔습니다. 이 무더위에 문들을 꼭꼭 걸어 잠그고, 저에겐 숨기실 작정이셨나요?

대사, 관 앞에 다가가서 꽃을 놓고 형식적인 조의를 표한 다음, 귀족들에게 되돌아선다.

대사 그런데 어느 분을 추대하셨습니까?
눌지 축하해주시오, 대사. 바로 나요.
대사 아, 눌지님. 이거, 유감이군요. 저희 정부로부터 훈령이 왔거든요. 눌지님 대신 다른 사람을 귀국의 통치자로 추대하라구

요. (문을 향해) 들어와요.

실성 등장.

대사	바로 저 남자죠.
귀족들	(분개하며) 대사!
대사	네, 말씀하시지요.
귀족들	우리는 눌지님을 추대했소.
대사	그래서요?
가배	그건 우리의 자주적 권리요. 대사, 간섭받을 이유가 없잖소?
대사	제가 어디 간섭했습니까? 충고를 드리고자 한 겁니다, 다만 저는. 귀국과 같은 약소국가에서, 강대국의 대사인 제가 할 일이란 무엇일까요? 겨우 직업소개소 같은 그런 역할입니다. 다시 한번 소개 드립니다. 저 남자를 쓰십시오.

귀족들, 못마땅하게 실성을 노려본다.

눌지	저 남자가 누굽니까?
대사	귀국에서 보냈던 인질입니다.
눌지	인질?
대사	네. 우리 나라에 억류해 두는 동안, 좀 고의적인 학대를 해드렸지요. 온종일 홀로 가두어 놓기도 하구, 때로는 매질을 했으며 노예마냥 힘든 일을 시켰습니다. 그러는 사이, 차츰 차츰 고분고분해지거든요. 사실 그렇죠. 인질 교육이란 순종하는 버릇을 길러주는 거니까, 다루는 방법이 좀 거칠기 마련입니다.

대사, 눌지가 쓰고 있는 금관을 벗겨서 실성의 머리에 씌워 준다.

대사   이것을 당신에게 드립니다.

실성   (경멸하듯) 오해하고 있군.

대사   오해라뇨?

실성   그렇소. 인질로서, 그 외로운 나날을 내가 무엇 때문에 견뎌냈겠소? (금관을 벗어들고) 이런 것이 탐나서? 천만에. 진정 내가 그리워했던 건 저 사람들이요. (귀족들에게) 친구여, 나를 아시겠소?

귀족들   모릅니다, 당신이 누군지.

실성   나요, 나! 내 얼굴을 잘 좀 보시오. 정말 모르겠소?

귀족들   (의아로운 표정으로 고개를 내젓는다)

실성   조국을 위해 인질이 되어 갔던 나를 모두 잊었단 말이오?

귀족들   (여전히 고개를 내젓는다)

실성, 금관을 내던지고, 문 밖으로 걸어나간다.

대사   (금관을 줏어들고) 이건 저 남자 것입니다.

귀족들   그는 거절했잖소?

대사   저 남자를 설득시키십쇼. 그렇지 않으면 문제가 커집니다. 왜 잘들 아시잖습니까? 고분고분한 이웃을 갖고 싶은 열망 때문에 저희는 인질을 통치자로 추천해 드리곤 합니다. 그럼 여러분이 심사숙고하시는 동안, 저는 그 남잘 찾아 다시 데려오겠습니다.

대사 퇴장. 긴 침묵. 귀족들은 침울한 표정이다.

재서　…… 어떻게 할까요?

기택　글쎄요.

미사흔　만약 우리가 거절하면 전쟁이 나겠지요?

기택　이길 가망이 없어요. 전쟁은.

복호　싸워 보지도 않고…….

기택　그렇다고 해서, 이런 굴욕을 그저 당한다는 것두 말이 안되니…….

침묵.

사율　우리 손으로, 우리 일을 해보구 싶었는데…….

재서　이번에도 아니로군.

침묵.

눌지　절망은 마십시오.

가배　절망하시진 않습니다. 체념을 했으면 했지…….

노귀족　체념, 그것 좋지요.

귀족1　우리들 습성이니까…… 하긴 좋은 습성입니다만…….

노귀족　짓눌리면 눌리는 대로 살아나가거든요. 절대 죽지는 않습니다.

귀족2　그렇지요. 죽지만 않는다면, 언젠가는 우리 뜻 이룰 날도 오고야 말겠지요.

기택	오지요, 꼭 오구 맙니다.
눌지	그렇습니다. 체념은 씨앗 같은 거지요. 땅에 뿌려 꽃 필 때가 아니라면 잘 간수해 둬야 합니다. 때가 아닌 줄 알면서도 씨앗을 뿌려 버리는자가 여기 있다면, 우리는 그 자를 무어라 부르겠습니까?
귀족들	바보라 부르렵니다.
눌지	그런 바보가 안되려면, 우린 어떻게 해야하지요?
귀족들	체념하는 겁니다.
눌지	맞았습니다. 우리 모두 체념합시다. 비록 체념이야 합니다만, 씨앗은 그 속에 살아 남지요. (귀족들 박수) 나도 재빨리 체념해 버렸습니다. 바보가 안되려구요. (귀족들, 폭소한다) 그래서 여러분이 나를 위해 마련하신 저 금관을, 난 서슴없이 그 모를 남자에게 양도하렵니다. 웃으면서, 축하한다는 인사까지 덧붙여서 말입니다. (귀족들 박수) 우리들의 이런 습성을 모르는 자들은 이걸 무슨 굴욕이라 하겠지요. 그러나 사실은 그렇지 않습니다. 체념 속에 간직된 씨앗, 이 끈질긴 생명, 그래서 이 웃음, 이렇게 서슴없이 내주는 행동, 이거야말로 이 세상에서 가장 강하다는 것을 우리가 잘 알고 있습니다.

귀족들, 기립하여 열렬한 박수. 대사, 실성을 데리고 들어온다. 박수는 그들에게 옮아가 한동안 계속된다.

대사	어찌된 겁니까?
눌지	보시다시피, 저 알지 못할 남자를 열렬히 환영하고 있습니다.

대사, 재빠르게 금관을 가져다 실성의 머리에 씌워 준다. 너무 급해서 금관이 삐딱하게 기울어진다.

2장

저녁 무렵. 담황색의 짙은 황혼. 유리알처럼 새파랗게 뜬 달. 아로, 염소를 아름답게 치장하고 있다. 목에 호화스런 장식 띠를 둘러 주고, 뿔에는 황금 고깔을 씌워 준다.
실성, 고독한 모습으로 등장한다. 모든 귀족들과 눌지 형제들이 따라 들어온다.

실성 ······ 무척 덥군.

눌지 온종일 찌는 듯한 게, 여간 견디기 어렵습니다. 그러나 이 여름을 겪고 나서야 가을이 옵니다.

사이.

아로 이걸 좀 봐요.

실성 그게 뭐냐?

아로 황금 뿔이 돋아났어요, 내 염소 머리에서.

실성 살쪘구나, 네 염소.

아로 멋있잖아요!

실성 장례식 때 그 염소가 꽃들을 모조리 뜯어 먹더니만······.

사이.

실성 그 장례식 때 말이오, 난 숨이 막혔소. 관을 그 구덩이 속에 묻기 전 마지막 인사로 뚜껑을 열고 들여다 보니…… 그게 바로 내 얼굴이었소. 눈, 코, 입 가득히, 살찐 구더기가 파먹고 있더군. …… 잊혀진다는 건 그렇소.

무의식 중에 자신의 얼굴을 어루만진다.

귀족들 더위 탓입니다.
눌지 시원한 뭣 좀 드시겠습니까?

눌지, 한 귀족에게 부탁한다. 그 귀족이 음료가 담긴 유리잔을 가져온다.

눌지 잡수시지요. 복숭아 과즙입니다.
실성 고맙소.

실성, 두어 모금 마시다가, 갑자기 불안해져서 귀족들에게 묻는다.

실성 왜 나에겐 친절하지? 전혀 알지도 못한다는 나에게?
귀족들 네?
실성 그 이유가 뭐요?
귀족들 (미소를 짓는다)
실성 난 궁금해. 그 친절이 나에겐 부담이 돼. 그래서 꼭 고맙다는 답례를 하면서도, 마음 어딘가 개운치 않소. 뭔가, 그 뭔가를 당신들은 숨기는 것 같아. 그게 뭐요?

침묵.
눌지, 목소리를 부드럽게 해서 대답한다.

눌지   씨앗, 씨앗을 숨겼습니다.
실성   씨앗?
눌지   네.
실성   그게 뭐요?
눌지   저어, 뭐랄까요, 우리끼린 그 뜻을 다 알고 있습니다만……
실성   내가 알면 곤란한 거요?
눌지   아뇨. 오히려 아셨으면 합니다. 그러나 그게 뭐랄까…… 설명이 잘 안되는군요.

사이.

실성   물론 설명이 안될 거요. 어디 씨앗뿐이겠소, 모든 게 다 그렇지. 이제 나에겐 모든 것이 이해하기 불가능해졌소. 그럴 수밖에. 나는 너무 떨어져 지냈소. 당신들과 같은 시간 속에 살지 않았구, 또한 같은 경험을 하지도 못했소. 그러니 서로 통할 수 없는 거요. 당신들끼리는 서로 잘 통하는데, 나에게 만은 벽처럼 꽉 막힌다…….

귀족들 침묵.

실성　외롭군.

귀족들　무더위 탓이겠지요.

실성　더위 탓이라구? 당신들은 내 외로움을 몰라. (유리잔을 가리키며) 이것두 그렇지. 시원하고 달콤한 과즙, 이걸 먹으면 내가 외로워하지 않을 거라 생각했겠지. 천만에! 난 삼키지 못해. 이 달디단 것을 이젠 한 모금도 삼킬 수가 없어!

실성, 구토한다.
눌지, 손수건을 꺼내 닦아준다.

실성　눌지, 또 나한테 친절하군.

눌지　네. 이해하지 못하면서도 친절할 순 있으니까요.

실성　고맙소. 그렇다구 해서 내가 외롭지 않은 건 아냐.

눌지　언제부터인가요, 이런 토하시는 증세가?

실성　요즈음 그렇소.

눌지　더위 탓입니다.

실성　그저 더위 탓이오?

기택　네. 좀 서늘해지면 나으실 겁니다.

실성　그렇다면 당신들은 어떻소? 날씨가 이렇게 무더울 때엔, 당신들도 외롭느냐 말이요?

귀족들　…… 글쎄요.

실성　명령이요. 외롭소?

귀족들　아닙니다.

실성　아, 그것 보오. 외로움은 날씨하곤 아무 상관 없지!

침묵.

실성은 손을 내저어 모두들 물러 가라고 한다.

귀족들, 조심스럽게 퇴장.

아로, 교태를 짓고 실성에게 다가온다.

아로   아버지.

실성   너도 나가렴.

아로   제가 위로해 드리지요.

실성   나가거라, 어서.

아로   (달래듯이) 제발 투정 좀 말아요. 사람들은 모두 아버지에게 친절해요. 저두 아버질 사랑하구요. 그런데도 뭐가 불만이시죠?

실성   고맙다, 날 사랑한다니.

아로   (금관을 가리키며) 이 황금 금관을 오래 오래 쓰구 계셔야죠. (자신의 호화스런 옷자락을 펼쳐 보이며) 그래야 저두 이렇게 호사를 할 수 있거든요.

실성   그래서 넌 전혀 낯선 사람같은 나를 아버지라 부르는구나?

아로   아버지, 제발 그 지나간 날은 잊어버리세요. 그럼 외롭지도 않을 거예요.

실성   나가거라. 피곤하다.

아로   그러죠. 아버진 좀 쉬세요.

아로, 염소를 데리고 퇴장.

내마, 구석에 홀로 남아 있다.

실성   넌 누구지?

내마 기록관 내마입니다.

실성 나가잖구 뭘 하고 있어?

내마 기록하고 있었습니다.

실성 기록한다구? 무엇을?

내마 역사라는 것이지요.

실성 어디 그것 좀 보여주게.

실성, 내마의 기록부를 받아들고 목독한다.

실성 이게 바로 역사란 말이지?

내마 그렇습니다.

실성 형편 없군. 특히 나에 대한 기록은 경멸할 정도야. 안 그런가?

내마 …… 글쎄요.

실성 이걸 어디 인간의 기록이라 하겠나? 꼭두각시에 대한 기록이지. 하기는 그래. 난 그렇게만 살아온 걸. 지금도 그렇지. 난 내 맘대로 할 수가 없어. 뭔가, 보이지 않는 줄에 매달려서는 전혀 엉뚱한 춤을 추고 있다구.

내마 (침묵)

실성 내마, 아는가? 그런 사람에게 가장 위안이 되는 말이 무엇인지? "나 역시 당신처럼 외롭습니다." 바로 이거야. 그런데 아무도 이런 말을 해주지 않더군. 내가 먼저 사람들에게 물었지. 당신들도 외로운가? 그랬더니 모두들 아니다, 날씨 탓이라는 거야. 아, 그 순간, 나는 그들에게 견딜 수 없는 증오를 느꼈지. 그래서 내마, 난 그들에게 앙갚음을 하겠어.

내마 (미소를 짓는다)

실성	왜 웃는가?
내마	부당한 증오이십니다.
실성	부당하다니? 어째서?
내마	외로움이란 혼자서 느끼는 감정이라는 게 특징입니다. 그런데 그것을 모든 사람들과 함께 나눠 갖기를 바라시는 겁니까?
실성	외로움이란 나눠 가질 수 없는 것이라구?
내마	네.
실성	그럴듯한 말이군. (냉소를 하며) 그렇다면 내마, 모든 사람들에겐 느껴지지 않는 그 고독이 유독 나한테만 느껴지는 까닭이 무엇인가? 말해 보게. 너는 기록관이다. 아무도 나를 알지 못한다는데, 너만은 역사의 기록 속에서 나를 알았다. 나의 평생을 존경하며, 인질로서 이 조국을 구제했던 그 사실을 믿는다. 그런데 내마, 그 선행에 대한 보답이 이런 외로움이다. 만약 역사의 섭리가 올바르다면, 이런 꼴로 나타나겠는가?
내마	(밝게) 좀 주제 넘는 말씀입니다만 체념하십시오.
실성	체념하라구? 아, 체념이라는 것두 그렇지, 뭔가 희망이 있을 때 할 수 있는 거야. 그런데 이제 나에게는, 그런 것도 못하게 됐네.
내마	역사의 섭리는 마립간께 정당한 보답을 할 것입니다.
실성	헛소리 말게, 내마.
내마	기록관으로서 저는 그것을 알고 있습니다. 가끔은 숨겨지기도 하고, 때로는 오해되기도 합니다만, 그 올바른 섭리가 이 세상을 아름답게 지켜 나갑니다.
실성	이 세상은 그렇지가 않아. 외롭구 쓸쓸한 곳이지. 꼭두각시처

럼 줄에 매달려서는 아무 것도 이해할 수 없구, 아무한테도 이
해받을 수 없는 곳이지.

내마 아, 마립간-.

실성 나를 위안해 주게.

내마 이미 위안해 드렸습니다.

실성 아니야. 내 방법대로 위안해 주게.

내마 그게 뭡니까?

실성 내마, 너도 나처럼 외로워지는 거야.

내마 (침묵)

실성 너를 외롭게 만들기 위해서라면, 난 무엇이든 하겠어. 내가 믿
는 그 섭리라는 것이, 사실은 엉터리라는 걸 보여 주지. (유리
잔을 기록부 위에 올려 놓는다) 내마, 이것이 이 세상이라고 하
자. 그리고 이 아름다운 형태로 나타난 것이, 그 섭리라고 하
자. 난 이것을 던져 깨버리겠어.

실성, 기록부를 훌쩍 쳐든다. 유리잔이 허공에 높이 떴다가 떨어지면
서 깨어진다.

실성 어떤가, 내마?

내마 (미소를 짓고) 네. 한 개 잘 세공된 유리잔이 깨진 겁니다. 그런
데 마립간님, 아름다운 것이 어찌 세상에 이거 하나뿐이겠습
니까?

실성 웃지 않는다. 단호한 결심을 나타내듯 내마에게 기록부를 힘껏
안겨 준다.

내마　　더위에 지치신 탓입니다. 쉬십시오.

실성　　난 많이 쉬었네. 내 생애 거의 전부를 쉬어만 지냈지. 이젠 내 일을, 내가 하고 싶은 대로 할 것이네. 알겠나, 내마?

2막

1장

눌지의 집. 밤. 미사흔, 복호 형제가 짐을 꾸리고 있다.
밖에서는 깨어지고 무너지는 소리가 연속 들려온다.
눌지, 들어온다.

눌지   무얼 하는 거지, 너희들?
미사흔   보면 모르시겠습니까?
복호   우리는 떠날 겁니다.
미사흔   말 좀 정확히 해라. 떠나는 게 아니라, 달아나는 거예요.

밖에서 깨어지는 소리 계속된다.

미사흔   잘한다, 잘해!
복호   이번엔 또 뭐가 부서졌누?
미사흔   알 게 뭐냐. 또 뭔가 아름다운 것이 부서졌겠지. 이크! 파편이
여기까지 날아오는구나!

아주 가까운 곳에서 또다시 부서지는 소리가 들려온다.
미사흔과 복호, 엎드렸다가 일어선다.

복호	굉장하군!
미사흔	(악에 받쳐서) 다 부셔라! 다 부셔!
복호	아예 다 때려부술 작정이구나!
미사흔	(조각을 줍는다) 이걸 봐라. 혹시 이게 하늘 부서진 조각이 아니냐?
복호	지금 농담하게 됐수.

비분해서, 주먹으로 자기 가슴을 내려친다.

눌지	너희에게 좋은 충고를 하마.
복호	뭔데요, 형님?
눌지	아무것두 생각하지 말아라.
복호	하, 저런 소리를 듣구서두 가만 있으라 그거예요?
미사흔	충고 감사합니다, 형님. 그런데 이게 하늘 조각인 줄 알았더니, 바로 우리들 머리통이군요. 이게 부서졌으니 사실 생각도 못할 처지죠. 그래요. 이젠 아무 것두 알 수 없어요. 그래서 형님, 우리는 달아나는 겁니다.
눌지	그래 어디로 가겠다는 거니?
복호	목숨이 안전한 곳, 즉 강대국으로 가는 거죠.
미사흔	인질이 되는 겁니다, 우리는.
눌지	인질? 너희들이 자청해서?
미사흔	그렇죠.
복호	대사에게 말했더니, 인질은 절대 죽이지 않는다구 그럽디다.
눌지	바보들! 너흰 스스로 신세를 망치려 하는구나. 어느 경우엔, 너희같은 바보들은 아예 생각하지 않는 것이 더 지혜로울 때

가 있다.

복호   (비웃으며) 지혜요?

미사흔   이럴 때는요, 달아나는 게 지혜입니다. 형님도 어물쩍 마시구 우리와 함께 갑시다.

눌지   나는 여기 있겠다.

미사흔·복호   (짐을 들고 일어나며) 그럼 잘 계십시오, 형님.

미사흔, 복호 퇴장.

사이.

귀족들이 들어온다.

귀족들   무더운 밤입니다.

눌지   어서들 오시요.

가배   안색이 좋지 않으시군요. 무슨 일이 있었습니까?

눌지   아니요, 아무 일도······.

귀족들   감추려 마시오, 눌지.

눌지   내 동생들, 그들은 어리석었소. 바보란 그런 거 아니겠소? 자기들은 꽤 영리한 체하지만, 사실은 생각해낸 것이 오히려 안 하니만 못하단 말이요.

재서   글쎄요, 눌지. 꼭 그들만을 탓할 수 있겠소?

기택   요즘엔 그렇소. 뭐가 뭔지 모르겠소. 그저 불안하기만 하구······.

눌지   그래서 여러분들도 작별 인사를 하러 왔소?

기택   아니요, 눌지. (가배를 가리키며) 이 친구가 이런 제안을 했소. 내 마를 매수하면 어떻겠느냐······.

눌지	매수라니요?
가배	우린 벌써 상당한 금액을 모아놨소. (돈이 든 상자를 보여준다) 이걸 내마에게 주고, 우리가 필요한 대답을 사는 거요.
눌지	대답을 산다?
가배	그렇소. 내마, 그가 외롭다고 대답하면 파괴를 멈추게 할 수가 있오.

부서지는 소리가 들려온다.

눌지	하긴 그렇습니다. 매일 아침 눈을 뜨면, 난 이미 파괴된 것들을 헤아려 보지요. 그리고 아직도 남아있는 것이 생각나면, 작으나마 용기를 내어 일어섭니다. 그건 아마 여러분들도 마찬가지실 겁니다.
귀족들	그렇소.
눌지	그러나 그것마저도 부서져버리지요. 그게 보통 흔한 것이 아니라, 한번 파괴되면 영 회복하기 어려운 아름다운 것들이어서 우리에겐 더욱 안타깝습니다. 오늘 밤, 나는 동생들까지 잃었습니다. 내일은 또 뭐가 떨어져 나갈지, 그걸 알지도 못합니다. 참으로 이런 나날을 견디기란 어렵군요.
가배	내마 탓이오!
귀족들	그렇소. 내마도 파괴자나 마찬가지요!
눌지	그래도 우리는 편한 사람들입니다. 이 엄청난 파괴의 현장에서 끊임없이 질문에 시달리는 남자가 있습니다. "어떠냐, 너는?" 우리가 편하게 침묵하고 있을 때에도, 그는 이 질문에 시달림을 당하고 있습니다. 바로 내마입니다. 내마는 …….

귀족들	두둔하는 거요, 내마를?
눌지	진정하시오. 우리는 모든 것을 용서 받을 수 있소. 그러나 이 세상이 외로운 곳이라고 인정하는 죄악만은 용서 받지 못할 겁니다. 이런 점에서 내마를 매수한다는 것은 반대이며, 또 매수 당하지도 않을 겁니다.
가배	왜 거짓말이라도 좋잖소? 묻는 자에게 동의해 주면 그만인 것을.
눌지	글쎄, 그럴까요? 오히려 나는 내마가 거짓말이라도 그렇게 동의하지 않는 것에 감사를 느낍니다. 아직도 이 세상의 아름다운 것은, 내마가 외롭다는 대답을 하지 않았기 때문입니다.
기택	나를 보시오. 나도 이 세상을 사랑하는 사람 중에 하나요. 난 아름다운 것들이 드물다고 보기에 세상을 아끼는 거요. 그런데 이게 뭐요? 모조리 부서져 가고 있잖소?
가배	내마를 매수합시다.
귀족들	눌지, 당신도 돈을 내시오!
눌지	대답을 산다고 질문이 사라지겠소? 오히려 질문을 소멸시키는 건 진정한 대답뿐이오. 내마에게 맡겨 둡시다. 그에겐 신념이 있소. 어느 날인가, 그의 대답이 지켜야 할 마지막인 것마저 파괴되려 할 때, 그는 스스로 이 세상을 지켜낼 사람이오.
기택	마지막인 것, 그게 뭐요?
눌지	씨앗이오.
귀족들	씨앗? 누굴 놀리는 거요?
가배	눌지, 어서 가담이나 하시오!
눌지	부끄럽지도 않소? 신념을 못가졌으면, 체념이라도 가지시오.

실성, 내마와 들어온다. 뒤따라 온 근위병들이 식탁과 의자를 배치한다. 그는 식탁 위에 빈 접시들을 늘어놓는다.

실성   아, 당신들. 어디 있는가 했더니 모두 여기 모였군. (그는 종이로 오려 만든 별을 귀족들에게 불쑥 내민다) 별이야, 별! 별을 발견했어!

눌지   (미소를 짓고) 네. 별이로군요.

실성   하늘에서 방금 따낸 싱싱한 거야. 이 별을 갖고 싶지 않소?

눌지   발견하신 분 것입니다.

실성   그건 그래. 내마, 들었지? 처음 발견자인 내 이름과 오늘 날짜를 기록해 둬. 그리고 말야, 여기 모인 사람들에게 발표해주게. 새 별을 발견한 축하연을 베푼다구. 당신들, 왜 그리 뻣뻣하지? 이건 신나는 일인데?

귀족들   축하 드립니다.

실성   고맙소, 고마워. 이걸 봐. 빛나는 별이야. 오, 귀여운 별, 난 너를 찬미해. 외로운 내 영혼이 너와 함께 노래 부르고…… (갑자기 고함을 지른다) 앉게! 어서들 앉아!

귀족들, 식탁 의자에 앉는다.

실성   음식은 다 마련 됐나?

근위병   네, 다 됐습니다.

실성   수고했어. 음식 장만하느라 정말 애썼네. 한 사람에게 염소 한 마리씩 먹도록 준비하라 시켰거든.

귀족들   염소 한 마리씩이나요?

실성 놀라지들 마오. 새로운 별을 발견한 날 밤, 축하연이 그 정도
는 되어야겠지. 음식을 가져 와.

근위병 네, 마립간님.

근위병, 넙적한 볶음냄비를 가져온다. 실성은 기다란 젓가락으로 냄비
에서 볶은 메뚜기를 집어내, 각자 귀족들의 접시 위에 놓아 준다. 귀
족들, 서로 수근거린다.

실성 왜들 그래?

귀족들 이건 메뚜기 볶은 것 아닙니까?

실성 아냐. 통째로 구운 염소다. 나는 오늘 염소의 이름을 빼앗아
메뚜기에게 주고, 메뚜기의 이름을 빼앗아 염소에게 주었어.

귀족들 (접시만을 묵묵히 바라본다)

실성 내마.

내마 네?

실성 염소라고 적어라. 역사란 이런 거야. 기록되는 내용하곤 그 의
미가 전혀 다르지. 이렇게 되면, 내마, 너는 외로운가?

내마 (잠시 생각한다) 저는 외롭지 않습니다.

실성 (사율에게) 염소 고기 맛이 어떻소?

사율 …… 글쎄요.

실성 맛이 싱거워 먹질 못하는가? 여봐, 근위병, 소금 가져와.

근위병 네.

실성 (소금을 뿌려주며) 이젠, 간이 맞는가?

사율 (억지로 먹으며) 이제야 간이 맞습니다.

실성 소금 필요한 사람 더 없소?

귀족들	(침묵)
실성	왜들 이래? 축하연에 모여선 모두 입 다물구 침묵하기오?
귀족들	(침묵)
실성	그렇게도 화젯거리가 없나? 좋아, 그럼 내가 먼저 말을 꺼내지. 여봐 근위병, 내 탈들을 가져 오게.
근위병	네, 마립간.

근위병, 세 개의 탈을 가져 온다.

실성	이건 보다시피 탈이야. 국내 최고의 장인(匠人)에게 만들어오라 명령했었지. 그랬더니 처음에 이걸 가져 왔더군. (탈 하나를 얼굴에 쓴다) 비극의 탈이야. 그러나 친구들, 인간이 진실로 슬플 경우엔 겨우 이 정도겠어? 그냥 맨 얼굴이 더 훨씬 뛰어나게 슬픔을 나타내거든! 그러니 말야, 이건 슬플 때 쓰기엔 어울리지 않아. (탈을 다른 것으로 바꾸어 쓴다) 다음엔 이걸 만들어 왔더군. 희극의 탈이야. 하지만 뭐요, 이건? 인간이 정녕 기뻐할 때면, 겨우 기쁨의 표정이 이 정도겠어? (벗어 던지고 세 번째 탈을 쓴다) 마지막엔 이걸 만들어 왔지. 전혀 표정이 없어. 아, 이건 내 맘에 꼭 들더군. 기쁠 때나, 슬플 때나, 나에게 어울려 줄 표정이 바로 이런 거라구! 이건 내 얼굴이야. 그리고 아무 표정도 없는 이건, 당신들이 잊어버린 내 얼굴이기도 하지. (감정이 담기지 않는 목소리로) 자, 지금 내가 기쁘겠소? 슬프겠소?
귀족들	(침묵)
실성	또 침묵인가?

귀족들	(굳어버린듯 반응이 없다)
실성	내마, 이 침묵 속에서 나는 외롭다. 그런데 너는 어떤가?
내마	외롭지가 않습니다, 저는.
실성	(접시를 한 귀족에게 내밀며) 이게 뭐요?
기택	(대답하지 못한다) 네에?
실성	무슨 물건이냐 묻고 있잖아? 하긴 내가 판단해 주기 전엔 어렵겠지. 하지만 용기를 내라구. 난 침묵이 싫어. 어서 대답하라니까.
기택	(안절부절 못한다)
실성	접시야, 접시.
기택	접시입니다.
실성	그것도 몰라?
기택	이름을 바꾸신 줄 알구…….
실성	가엾어라. 넌 허수아비구나. 근위병, 그걸 가져 와.
근위병	네.

근위병, 등신대형(等身大形)의 허수아비를 가져와 기택의 의자에 나란히 앉힌다.

실성	너의 넋을 빼앗아 허수아비에게 주고, 허수아비의 육신을 빼앗아 너에게 주마.
귀족들	(침묵)
실성	사물의 이름 대긴 어려웠던 모양이지? 그럼 이번엔 쉬운 걸로 물어보겠어. 당신들 지금 기분이 어때?
귀족들	(침묵)

실성　자기 기분도 몰라? 너희는 모두가 다 허수아비구나. 근위병, 아예 이걸 다 한번에 바꿔버려!

근위병, 허수아비들을 가져와서 귀족들의 의자에 나란히 앉힌다.

실성　내마, 이 광경을 기록하게. 끔찍하군. 몸서리가 쳐진다. 이것들이 사람의 진짜 모습들이라니. 내마, 넌 이들과 함께 앉아 있다. 이래두 외롭지 않다는 거냐?

내마　저는…… 외롭지 않습니다.

실성　(종이별을 흔들며) 이때, 별은 하늘 위에서 홀로 빛난다. 무한한 공간, 그 아래 이 세상은 함정, 어두운 구덩이다. 내마, 넌 이 속에서 정말 아무렇지도 않느냐?

내마　그렇습니다, 아직은.

아로, 다급하게 들어온다.

아로　아버지, 제 염소를 잡은 거예요?

실성　왜 내가 네 메뚜기를 잡니? (접시를 가리키며) 보아라, 내 염소는 우아한 날개를 가지고 있단다.

아로　또 장난을 하셨군요?

실성　너두 거기 앉으려므나. 이제 곧 새벽이 되면, 내 작은 별은 가엾게도 사라져 간다. 저 하늘엔 미리 그어진 궤도가 있다. 별들은 그 선을 따라 질서정연히 움직이는데, 인간은 우왕좌왕 방황할 뿐이다. 내가 이 별을 발견한 최초의 인간이긴 하지만, 알고보니 그게 오히려 나에겐 서러운 일이구나.

아로	(까르르 웃으며) 장난이에요, 장난!
실성	웃지 말아라! 눌지를 보렴. 그는 언제나 나에게 친절해서 진지하게 듣고 있지!
아로	(눌지에게 다가가서) 눌지님, 제가 당신보다 덜 친절한가요?
눌지	(침묵)
아로	대답해 봐요. 제가 더 아버지께 친절하죠?
눌지	그렇습니다.
실성	(비웃듯) 언제부터지?
아로	뭘요?
실성	언제부터 둘이서 그렇게 마음이 통하는 그런 사이냐구?
아로	지금부터면 뭐 안되나요?
실성	안될 것두 없지. 눌지, 잘 됐소. 그 상냥스런 여자와 결혼하구려.
눌지	결혼을요?
실성	나에게 친절한 사람들끼리 좋은 짝이 될 거요. 눌지, 내 말을 거절할 거요?
눌지	아니요, 분부대로 하겠습니다.
실성	아로, 너는?
아로	(표독스럽게) 제가 거절하면요?
실성	거절은 승낙이다. 내가 그렇게 바꾸겠어. 마침 여기엔 염소 고기도 가득하겠다, 당장 결혼식을 해 버리렴. (귀족들에게) 허수아비들, 축하해 주게. 내 판단에 의하면 결혼식이란 축하해 줄 일이거든!
귀족들	축하합니다.
아로	(싸늘하게) 고마워요.

눌지   고맙습니다, 여러분.

2장

아침.

실성이 옥좌에 앉아 있다.

문 밖에서 말 우는 소리, 출발하려는 마차 바퀴가 덜그덕거리는 소리,

환송하는 사람들의 인사가 뒤섞여 들어온다.

마차가 떠난다.

내마, 들어온다. 밝은 표정이다.

실성   어서 오게. 내마, 오늘은 어때?

내마   아, 좋습니다.

실성   신혼 여행 마차는?

내마   방금 떠났습니다.

실성   환송나온 사람들도 많던가?

내마   네, 모두들 나왔더군요.

실성   아로, 그애는?

내마   어여쁘신 신부였습니다.

실성   넌 웃고 있군.

내마   즐거운 일 아니겠습니까?

실성   어젯밤 말이야, 그 결혼식을 어떻게 생각하지? 비극적이었다
고나 할까, 뭔가 장난 같은 느낌이 들지 않아? 물론 말하지 않

아도 알겠지만, 그건 내가 어울리지도 않는 그 두 사람을 억지로 붙여준 거야. 사실, 두 남녀가 행복하든 말든, 나하곤 아무 상관없지. 내가 바라는 것은 오직 너뿐이니까.

잠시 사이.

실성 내마, 언제까지 이렇게 버티겠어?

내마 (침묵)

실성 언제까지야?

내마 (미소를 짓고 말이 없다)

사이.

실성 내마―

내마 네, 마립간님.

실성 오늘 난 가만히 있어 볼까? 모처럼 온종일이 평화스럽게말이야.

내마 아, 좋습니다.

실성 그런데 이런 날 뭘하면 좋을까?

내마 그냥 이대로 있어도 좋습니다.

실성 가끔 난 그래, 너에게서 젊은 날의 내 모습을 보곤 하지. 옛날 이야기지만, 나도 세상을 아름답게 보았었지. 그리구 뭔가 올바르다는 확신에 차 있었어. 그래서 인질로 나섰던 거야. 난 내 몸으로 그 확신을 증명해 보이고 싶었거든. 알겠나, 내마?

내마 네, 마립간님.

실성	물론 난 실패를 했지.
내마	실패하신 건 아닙니다.
실성	그래?
내마	언젠가는 마립간께 정당한 보답이 있을 것입니다.
실성	아, 그런 식으로 날 위로하지 말라니까.

사이.

실성	왜 너는 내 식으로 날 위안해 주지 않나?
내마	그건 위안이 되지 않습니다.
실성	또 고집인가, 내마?
내마	제가 그렇게 할 수 없다는 건 잘 아시지 않습니까?
실성	그렇겠지! 나처럼 겪어보질 않았으니까!
내마	그런 뜻은 아닙니다.
실성	아니기는! 지금까지 넌 방관자였다! 내가 부수는 걸 곁에서만 보구, 그저 묻는 말에 아니라구 대답을 했지. 그래서 넌 내 마음을 몰라. 하지만 내마, 이젠 네가 해 봐라. 네 손으로 직접 파괴를 해 봐. 그래야 너두 날 이해할 거야.

실성, 내마의 손에 짤막하고 예리한 칼을 쥐어 준다.

실성	도구를 주마.
내마	(침묵)
실성	넌 눌지를 존경해. 그렇지? 이걸 사용하렴. 신혼 여행 길목에서 네가 노려야 하는 건 눌지야. 눌지를 죽여. 내 딸은 과부가

되어 돌아오게 하구. 네 맘에 없는 것을 해봐야 너두 세상이
뭔가를 알 거다. (내마를 문쪽으로 밀치며) 어서 가!

내마 (멈칫 선다)

실성 (다시 밀치며) 어서 가라니까!

내마 (걸어 나간다)

실성 내마, 지금은 어때? 외로운가?

내마 …… 아닙니다.

3막

1장

저녁. 폭풍우. 번개가 치고 천둥이 울린다.

멀리서부터 들려오는 마차 바퀴 소리, 차츰 다가오더니 멈춘다.

문이 두드려진다.

아로, 들어온다.

문을 연 하인이 의아로워한다.

하인   웬일이십니까, 갑자기 돌아오시다니?

아로   사람들을 모이도록 해 줘.

하인   무슨 일이라도……?

아로   알 것 없어. 그저 사람들에겐 이렇게 말해. 신혼 여행에서 돌아온 내가 피로연을 베푼다구. 지금이야. 모두들 빠짐없이 초대해.

하인   저어, 내일 하시면 안될까요? 날씨가 이 모양이라서…….

아로   (하늘을 우러러 바라보며 두 주먹을 불끈 쥐고) 비야, 더 쏟아져라!

하인   갑자기 음식 장만하기가…….

아로   (단호하게) 염려 마. 그건, 내가 준비할게.

하인   아, 네에. 분부대로 하겠습니다.

2장

밤. 화사한 신부 옷을 입은 아로, 양손에 두 개의 놋쇠 촛대를 들고
와서 마련된 식탁의 좌우에 놓는다. 한가운데에는 보자기에 덮인 음
식이 놓여 있다. 귀족들, 한 사람씩 두 사람씩, 모여 든다.
식탁 맨끝 의자에 내마가 고즈넉히 앉아 있다.
아로는 중앙 의장에 앉는다. 독사처럼 머리를 뒤로 제껴든다.
촛불이 타오른다.
거칠게 떨어지는 빗소리. 천둥이 울려온다.

아로   즐거웠어요, 신혼 여행은.
귀족들 즐거웠겠습니다, 신혼 여행은.

침묵.

아로   날씨도 좋았구요.
귀족들 날씨도 좋았겠습니다.

아로, 자기 말만을 따라하는 귀족들을 차갑게 바라본다.

아로   너무 갑작스러운 결혼식이었죠. 축하해 주신 분들께 답례도
          못드렸구요, 그래서 이런 자릴 마련했어요.
귀족들 그래서 이런 자릴 마련하셨겠습니다.
아로   오늘 밤, 저의 아버지는 초대하지 않았어요. 아버진 자기 맘
          가운데 외로움이 있다 하지만, 전 그걸 믿지 않아요. 그 마음

속에 있는 건 증오뿐이에요. 그래서 저는 처음부터 아버질 믿지 않았죠. 저를 찾아왔을 때, 그 모습이 제 기억엔 없었거든요. 어때요, 여러분은? 그 사람, 기억에 있으신가요?

귀족들 (몸을 도사리고 허수아비처럼 아무 반응도 나타내지 않는다)

아로 물론 없으시겠죠. 저의 아버지란 그런 사람이에요. 눌지님은, 제 남편 눌지님은, 그런 사람에게 친절했습니다. 제 남편의 친절, 그건 다 아시겠지만요, 그 기억에 없는 사람이 받기엔 너무 과분한 거였죠. 저에게 주신 사랑보다, 오히려 그 사람에게 바친 친절이 더 지극했어요. 그런데 그 아버지란 사람은 어떻게 보답한 줄 아세요?

아로, 음식 덮은 보자기를 벗긴다. 눌지가 눈을 감고 죽은듯이 반듯하게 누워 있다.

아로 여기, 제 남편이 돌아왔어요.

귀족들 (침묵)

아로 내마, 당신이 말씀해 봐요. 그 사람이 제 남편을 어떻게 하라구 했죠?

내마, 무겁게 일어선다. 그는 식탁 위에 실성이 준 칼을 내놓는다.

아로 죽이라구 했어요. 이게 그 사람의 보답이에요.

귀족들 (침묵)

아로 내마, 어서 말씀하세요.

내마 비탈진 언덕이었습니다. 난 그곳에서 숨어 기다렸지요. 마차는 느릿느릿 올라갔고, 난 그 안으로 뛰어들었습니다. 그리고 칼을 눌지님에게—.

아로　계속하세요, 내마.

내마　나는 찌르지 못하였습니다.

아로　그때, 제 남편의 태도는 어땠어요?

내마　직감으로 아시더군요, 누가 시켰는지. 그러자 마치 칼에 찔린 것처럼, 눈을 감고 누우셨습니다. 그후 지금까지, 살해된 사람마냥 일어나질 않으십니다.

아로　남편은 죽은 셈이죠. (귀족들에게) 이렇게 제 남편은 돌아왔어요. (눌지에게) 여보, 눈을 떠요. 죽은 체 한다는 것, 그게 당신에겐 편하시겠지만요, 저에겐 견딜 수가 없어요! 당신은 제 남편이에요! 여보, 제발 눈을 떠요. 그리구 저를 바라봐요. 이 아내를 보세요. 당신의 여자예요! 우리 결혼, 이게 뭐죠? 남편이란 당신은 또 뭐구요? 날 사랑해 주셨나요? 당신은 그 사람, 그 기억에도 없는 사람이 하라는 대로 시늉까지 다 해주면서, 아내인 제 말은 아예 듣지도 않는군요. 여보, 당신은 정말 죽었나요? 이 아내가 불쌍하지도 않으세요?

눌지　(누운 채, 움직이지 않는다)

아로　(귀족들에게) 이 남편을 여러분의 손에 맡깁니다. 결정해 주세요. 제 아버지와 남편, 둘 중에 한 분만을요. 누구 한 사람이 살기 위해선, 다른 한 사람은 죽어야 해요. 자아, 누구를 골라주시겠어요?

귀족들　(반응을 보이지 않는다)

아로　(까르르 웃으며) 모두 허수아비요? 생각할 줄 알아요? 행동은 어때요? 그것도 못하시죠? 고결한 성품, 지혜 높다는 당신들이 한낱 이런 꼴이 되구 말다니. 자기 자신이 부끄럽지도 않으세요?

귀족들 (침묵)

아로 저는 당신들이 사람인 줄 알았답니다. 그래서 남편을 맡기고 호소하면 모두 자기 일처럼 도와 주리라 여겼어요. 그런데 뭐예요? 그저 남의 일 같아요? 당신들 자신에 대한 문제 같진 않구요? 죽은 체하는 남편, 아무 소리 없는 당신들, 기가 막혀라! 그래, 그 사람에게 달려가 이 칼로 찌르지도 못해요? 왜 이런 꼴로 만들었느냐, 반항도 못하느냐구요! 자, 일어나요! (귀족들을 일으켜 세우나, 그들은 다시 주저 앉는다) 좋아요. 그럼 나 혼자 가겠어요!

아로, 표독스럽게 성난 태도로, 증거품인 식탁 위의 실성 칼을 집는다. 걸어나가는 그녀를 내마가 가로 막는다.

내마 내가 가겠습니다.

아로 내마, 당신이?

내마 그 칼을 이리 주십시오.

아로 당신은 늘 그 사람과 단짝이었어요. 가시면 이 일을 밀고 하겠죠. 그런 당신을 보낼 순 없잖아요?

내마 난 눌지님을 살해하지 않았습니다. 그렇지만 그분은 지금 죽은 듯 누워 계십니다. …… 여기 모인 분들 역시 살아 있는 것 같지 않습니다. 지금, 내 결심은 분명합니다. 이렇게 모든 것을 파괴해 버린 그를, 오늘밤 나는 찌르겠습니다.

아로 그런 말만 가지구 어떻게 믿어요?

내마   맹세를 하지요. (누워있는 눌지의 몸에 손을 얹고) 파괴하지 않는
다는 건, 그걸 지켜야 한다는 의무도 있는 겁니다. 나는 내 의
무를 다 하겠습니다. 이젠 믿으시겠습니까?

아로   (망설이다가, 칼을 내마에게 준다) 좋아요.

내마   나에게도 부탁이 있습니다.

아로   뭐죠?

내마   맹세 하십시오. 눌지님께서 마립간의 지위를 갖고자 이러는
건 아니라구요. 그래야 이 칼을 쥐고 내가 아무 사심없이 떳떳
하게 그를 살해할 수 있겠습니다.

아로   마립간의 지위? 그런 건 생각지도 않아요. 아내로서 오직 바
라는 건 남편이듯이, 눌지님 역시 바라는 건 저뿐인 걸요. 그
럼 저도 맹세를 하죠. (누워있는 눌지의 몸에 손을 얹는다) 우리 부
부는 마립간에 대해서 아무 욕심도 없다구요. (사이, 의심쩍게
내마를 바라보며) 내마, 맹세를 어기면 어떻게 하시겠어요?

내마   무엇이든 벌칙을 정하십시오.

아로   맹세를 어기면 사람이 아니죠. 차라리 그건 짐승이에요. 염소
같은 짐승이라구요. 내마, 우리 이렇게 정해요. 만약 누구든
맹세를 어긴다면, 수많은 군중들 앞에 염소를 끌어내 놓구, 그
걸 자기 아버지라 부르기로 합시다. 어떠세요? 이 치욕을 벌
칙으로 정해도 되겠어요?

내마, 벌칙을 수락하고 퇴장.

긴 사이.

거친 비바람. 번개가 친다.

눌지, 여전히 눈을 감고 식탁 위에 누워 있다.

나부끼며 타오르는 촛불.

독사처럼 긴장한 아로가 식탁을 집고 서 있다.

침묵.

귀족들, 한둘씩 슬그머니 일어나 나가려 한다.

아로　　어딜 가요!

귀족들　(멈칫 한다)

아로　　다시 와 앉으세요!

귀족들　(나가려던 동작 그대로 움직이지 않는다)

아로　　우리 함께 기다립시다.

눌지　　(눈을 감은 채) 여보, 불을 끄구려.

아로　　불은 왜 꺼요?

눌지　　기다릴 때엔 어둠이 좋은 거요.

아로　　어두워 봐요. 모두 달아나고 말겠죠.

눌지　　어서 불을 끄시오.

아로, 촛불을 끈다.

칠흑같은 어둠.

눌지　　어둠이요. 가실 분은 가구려. 부끄러워 하진 마시오. 어둠 속에선 보이지 않으니까. 누가 떠났고, 누가 남아 기다리는지 구별할 필요는 없소.

긴 사이.

천둥이 울린다.

아로의 초조한 목소리가 들려온다.

아로 지금 쯤, 어떻게 됐을까요? 누구든 말 좀 하세요. 내마, 그 혼자서 잘해낼까요? 혼자서는 무리겠죠? 그래요, 그는 겁을 낼 거예요. 두려워 바들바들 떨며– 내 눈엔 그 꼴이 보여요. 잠든 그 사람을 향해서– 침대에 누운 그 사람에게 다가가– 아니, 그 사람은 잠들지 않았어요. 고독 때문에 늘 깨어 있어요. 무표정한 탈을 쓰구, 그저 잠든 척 하구 있죠. 누가 다가오는지, 다 눈치채구 있단 말이에요! 내마, 용기를 내요, 용기를! 왜 멈칫 서 있죠? 어두워서? 어두워 보이질 않아요? 핑계예요, 그건. 그럼 왜 칼을 떨어트렸죠? 다시 집어요, 어! 바로 거기 있잖아요? 침대와 당신 발 사이에. 아, 불빛이 있어야 칼을 찾겠다구요. 가만 있어요, 내가 촛불을 켜줄게요!

아로, 촛불을 켠다. 촛대를 들어 올린다. 칼을 찾아주는 시늉을 한다.
귀족들은 모두 떠나고 없다.
눌지만이 식탁 위에 누워 있다.

아로 보이죠, 이젠? 집었어요? 용기를 내는 거예요. 내마, 이리 와요. (그녀는 보이지 않는 내마를 이끌어 간다) 쉿, 보셨죠? 그 사람이에요. 내가 촛불을 들구서 비춰 드릴 게요. 자아, 그럼 내마– 어서, 내마–

누군가 밖에서 문을 두드린다.

아로	어서 찔러요, 찌르세요!

문 두드리는 소리, 더욱 크게 반복된다.
아로, 퍼뜩 제 정신이 든다.

아로	누구세요?
목소리	문 좀 여십쇼!
아로	누구죠?
목소리	어서 문이나 여십쇼!

아로, 문을 연다.
비에 흠뻑 젖은 근위병이 내마를 들쳐업고 들어온다. 그는 인사불성의 내마를 식탁 아래에 눕힌다.
내마의 오른쪽 어깨 밑에서 줄곧 피가 흐른다.

아로	어떻게 된 거지?
근위병	글쎄올시다. 전 보다시피 근위병이라서요…….
아로	근위병이니까 알 것 아니겠어?
근위병	(군모를 깊숙히 눌러 써서 얼굴을 감추며) 저는 문만 지키는 뎁쇼.
아로	말해 봐, 염려 말구.
근위병	저어, 내마께서 들어갑디다요. 언제나 마립간님과 함께 지내는 분이라서, 그저 들어가나 보다 그랬습죠. 그랬는데 굉장히 다투지를 않겠어요? 궁금해 견딜 수 있어야죠. 그래, 들여다 보니― 이게 뭡니까요? 마립간께선 가슴에 칼이 꽂혔구요, 그리구 이분은 이 꼴입죠. 보십쇼, 팔 하나가 몽땅 잘리구 없습

니다요. 어서 치료나 해 드리세요. 피를 많이 흘림 죽구 말 테니. 그냥 놔 둘까 했지만요, 우선 살리고나 봐야겠다 둘러업고는 나섰는뎁쇼. 마침 불 켜진 곳이 여기다만요. 그럼 전 이만 갑니다요. ―아참, 제가 다녀갔단 말 마십쇼. (목이 잘리는 시늉을 해 보이며, 급히 뛰어간다) 혹시 이거나 아닐지, 안 그래요? (퇴장)

눌지 여보, 상처를―.

아로 당신이 좀 봐 주세요. 전 가서 시체를 확인하구 올 테예요.

3장

같은 장소. 아침, 해 뜰 무렵. 폭풍우는 멈추고 어둠이 걷힌다.
눌지, 의식불명의 내마 곁에 있다. 그는 오동나무를 깎아 엄청나게 크고 기다란 의수(義手)를 만드는 중이다. 그 나무 손이 유달리 희게 보인다.
내마, 몸을 뒤챈다.

눌지 아, 살았구려!

내마 (상반신을 일으킨다)

눌지 정신이 드오, 내마?

내마 (무의식 중에, 허전해진 자기 오른쪽 어깨에 시선이 간다)

눌지 이게 뭔지 알겠소? 내마, 당신의 손이오. 마다의 오동나무를 잘라냈소. 그리곤 밤새껏 깎아 만들었는데, 자꾸만 이처럼 커다랗게 되어집디다.

내마 (지난 밤 일을 기억해내려 애쓰며) 일이 어떻게 되었지요?

눌지 그 큰 일을 해냈소, 당신 혼자서!

내마 믿어지지 않습니다.

눌지 그럴 거요, 내마. 그게 좀 큰 일이었소? 오늘 아침부터는 세상이 달라졌습니다. 그래서 내마, 이 손 역시 이렇게 커진 거요! 당신이 홀로 해낸 그 일이 워낙 크니, 이 손 또한 작게 만들 수가 없더구려. 난 여기에 "정의(正義)의 손"이라 새겨 놓았소. 그리고 이 손은, 모든 사람들의 이름으로 당신에게 증정될 겁니다.

밖에서 군중들의 환호성이 들려온다. 흥분에 상기된 얼굴로 아로가 들어온다.

아로 아, 내마! 저 소리 들리지요? 군중들이 당신을 만나러 오구 있어요. (눌지에게) 저는 이번 일에 마무리를 지어놨죠.

눌지 무슨 짓을 했소?

아로 매장했어요. 그 사람 시체를요.

눌지 너무 성급했군. 여보, 그래도 그분에겐 알맞는 예의를 지켜 매장해 드려야지.

아로 알맞는 예의라구요?

눌지 그렇소. 간소하나마 장례식만은―

아로 그만 둬요, 여보! 알맞게 해준 거예요. 그 사람, 평소에 좋아하던 탈을 쓰구 죽었더군요. 그 왜 무표정한 탈 있잖아요. 그걸 쓴 그대로 묻어 줬죠. 그럼 잘 대우해 준 거예요. 그렇잖아요,

내마?

내마　(고개를 가로 젓는다)

눌지　그래, 그만둡시다! (내마에게 사과한다) 미안하오. 내마, 난 당신 마음을 알고 있소.

귀족들이 들어온다. 모두 되살아난 듯한 환희의 얼굴들.
재서는 허수아비를 끌고 들어오며 기택은 접시 하나를 손에 들고 와 기뻐서 외친다.

기택　이게 바로 접시요! 아, 그런데 이걸 접시라고 말 못했던 때가 있었오. 그런데 지금은 얼마든지 외칠 수가 있구려. 접시다, 접시! 접시! 접시!

재서　(허수아비를 내동댕이치며) 허수아비야, 이젠 내 넋을 다오!

사율　내마, 한때는 당신을 오해도 했소.

귀족들　그때 이야긴 꺼내지도 맙시다!

사율　무서운 악몽이었소!

가배　말 마오, 우린 모두 허수아비였잖소?

눌지　(내마에게) 정의란 다른 것이 아니군요. 단순합니다. 그저 접시는 접시다 부를 수 있는 것이 바로 정의구려.

귀족들 숙연함 속에 눈시울이 뜨거워진다.
문 앞에서 군중들의 환호성.
모자를 깊숙이 눌러쓴 근위병이 들어온다.

근위병　저두 한몫 단단히 했습니다요.

눌지 어서 오게, 근위병.

근위병 (내마에게) 제가 아니었으면 내마님은 죽었습죠.

눌지 그렇소, 내마. 이 근위병이 당신을 업고 왔었소.

아로 (술잔을 사람들마다 돌리며) 자아, 들어요. 축배의 잔이에요!

귀족들 정의를 위해서!

근위병 저두요, 그걸 위해서!

눌지 내마, 이제 이 거대한 손을 드리겠소. 모든 사람들의 이름으로 당신에게 증정합니다. 당신이 다시 세운 정의를 이 손으로 써 영구히 지켜주시오.

눌지, 내마에게 커다란 손을 달아준다. 귀족들, 박수. 문 밖에서 외치는 군중들의 환호성과 겹쳐진다.
대사가 헐레벌떡 들어온다.

대사 당장 전쟁이오!

눌지 전쟁이라니오, 대사?

대사 그렇소! 전쟁이오! 그 마립간을 누가 세웠느냐 말이오. 우리 정부잖소? 그렇게 살해하다니!

근위병 저 좀 봅시다요, 대사님.

대사 넌 저리 비켜!

근위병 아, 저 잠깐 뵙자니까 그러시네.

근위병, 대사를 구석으로 끌고가서, 눌러썼던 모자를 살짝 치켜 들었다가 덮는다.

근위병	나요.
대사	아니, 마립간─.
근위병	쉿, 조용히.
대사	이거 어떻게 된 겁니까?
근위병	장난이야, 대사. 또 장난이란 말이오.
대사	하지만 이번 경우에는 너무 심하지 않습니까?
근위병	내가 하는 대로 가만 둬요. 만약 본국 정부에 내가 죽었다고 보고한다면, 그건 대사의 정신 상태만 의심시킬 뿐이오. 난 살아있소. 헛보고를 한 대사는 즉시 소환될 거구, 대사의 출세는 끝장이오. 내 말 알겠소?
대사	(당황하며) 네, 알겠습니다.
근위병	그럼 어서 전쟁은 취소하시오.

대사, 귀족들에게 되돌아 간다.

대사	전쟁은 취소하겠소! 나에게도 술잔을 주시오.

잔을 받더니, 연거퍼 술을 따라 마신다.

귀족들	(대사에게) 진정으로 말해 보시오. 전쟁이오? 평화요?
대사	평화요!
귀족들	(환성)
대사	젠장, 나도 모르겠군. 내가 뭘 지껄이고, 이 사람들은 왜 환호성을 지르는 건지.
군중들	(문 밖에서 환호하며) 내마는 나오시오!

귀족들 나갑시다, 내마.

귀족들, 내마를 호위하며 퇴장. 드높아지는 군중들의 환호성.

아로 (문에서 나가기 직전, 하늘을 가리키며) 보세요, 무지개예요!
눌지 그렇구려. 좋은 징조요. 이게 무더운 여름은 끝났소. 간밤의
그 폭풍우도 사라지구. 새로운 나날이 전개될 거요. 바로 저
무지개는 우리들의 이상(理想)이 아니겠소!

눌지, 아로, 퇴장.
근위병이 홀로 남는다.

근위병 새로운 날이 됐는지 어쩐지는 모르겠지만, 그래도 나에게는
변함없는 내마가 있지. 내마, 나의 내마, 오늘 따라 넌 말이 없
구나. 저 환호성에 뭐라고 말 좀 해 봐라. 널 휩싸안는 저 소리
가 내 귀엔 폭풍우처럼 들린다. 어젯밤, 나는 깨어 있었다. 네
가 들어왔다. 어둠 속에서 물었지. "내마, 이제는 외로운가?"
잠시 거친 폭풍우가 우리 둘을 갈랐었다. 넌 침묵하구, 난 대
답을 기다렸다. 무어라 형언할 수 없는 순간이었지. 이윽고 넌
말하였다. "저는 외롭지 않습니다." 넌 칼을 들구 있었다. "그
래서 당신을, 당신이 주신 칼로 찌르겠습니다." 그러나 먼저
달려든 것은 근위병이었지. 그가 너의 칼든 손을 잘랐다. 넌
그 자리에 쓰러졌다. 기절해 누운 너를 난 도저히 죽일 수가
없었다. 그래서 나는 너 대신 근위병을 죽였다. 그를 바닥에
눕히고는, 그 얼굴에 내가 쓰던 탈을 씌워 놓았다. 그리고선

나는 너를 업고 치료할 곳을 찾아나섰다. 아, 내마, 외로운 나를 위안해다오! 너의 입이 벌어지고, 한 방울 툭 떨어질 그 말, 내가 온종일 서성거리며 기다리던 그 말, 그 위안의 말이 무엇이던가? "저도 외롭습니다." 그것 아닌가! (문밖에서 "내마! 내마! 정의를 다시 세운 내마!" 하고 환호하는 군중들의 목소리가 드높다) 내마, 네가 정의를 다시 세웠다고? 정의가 어디 있기에? 이 세상엔 결코 정의라는 것은 존재하지 않는다. 그런 걸 네가 다시 세워놨다니? 어디에? 허공에? 있지도 않는 그것은, 무지개가 사라질 때 함께 없어진다. 아, 내마! 넌 그것 때문에 외로워지겠구나! 더구나 내마, 그 엄청나게 커다란 손을 달구서, 그 우스꽝스런 손으로 정의를 지켜야 한다니. 그렇다. 넌 분명히 외로워진다. 나는 예언해 둔다! 넌 고독해질 것이다! 그때까지 나는 기다린다!

4막

1장

가을. 낮.

회의장(會議場)의 문 옆, 화가가 벽화를 그리고 있다. 사다리를 받쳐 놓고 그 위에 올라간 화가는 무엇인가 열심히 그리고는 있으나, 붓을 담갔다 꺼내는 칠통엔 물감이 들어있지 않다. 한참 신명나게 그림을 그리더니, 그는 물감이 없다는 사실이 못내 아쉬운듯 어깨를 늘어뜨리고 고개를 절레절레 흔든다.

근위병, 사다리 아래서 화가를 올려다 보고 있다.

벽 밑에는 걸인이 가을 햇살을 받으며 꾸벅꾸벅 졸고 있다.

근위병   뭘 그리는 거요, 화가 양반?

화가   보면 모르겠소?

근위병   봐도 모르니까 묻는 것 아니겠소?

화가   내마요, 내마. 그분의 공적을 기념하기 위해, 여기에 벽화를 그리고 있는 중이오. 소재는 기막히게 좋아요. 그 긴 팔 있잖소, 그게 예술가의 영감을 불러일으키거든! 그 긴 팔을 단 내마님이 거리를 지날 때, 뭇 사람들이 찬송하며 그 손에 꽃다발을 드린다, 바로 그게 이 벽화의 주제요.

근위병   아하, 그래요?

화가   그렇소. (칠통을 뒤집어 보인다) 하지만 물감 없이 그리려니, 난

들 무슨 재주로 해내겠소? 벽화를 그려 달라, 의뢰받은 지는 두 달도 더 넘었는데 말이요. 글쎄 물감이 지급되질 않아요. 물감이!

근위병　그건 또 무슨 소리요?

화가　그저 질질 끌기만 한단 말이요. 처음부터 그 모양이었소. 귀족 회의에서 벽화 제작의 안건이 통과될 때까지, 무려 열닷새나 걸렸다니까.

근위병　아하, 열닷새나?

화가　글쎄, 누가 아니라오! 그게 뭐 대단한 거라구. 아뭏든 그렇소. 이젠 누구나 다 말이 많아졌구, 그 많은 말을 모조리 존중해야 한다는 거요. 귀족 회의 역시 그걸 원칙으로 삼고 있잖소? 만장 일치가 아니면 통과될 수 없다, 이렇게 못을 박구선, 너두 나두 한마디씩 떠들어대고, 어떤 귀족은 결석두 하고, 또 어떤 귀족은 자기 멋대로 반대도 해보고- 그래서 간신히 가결되어 하급 기관으로 내려오면- 태산 건너 또 태산이오. 이번엔 실무급들이 벽화를 어디에 그릴 것이냐, 그걸 가지구 논하거든. 벽화는 벽에다 그려야 한다. 이 자명한 결론은 뒤로 미뤄두는 거요. 그리곤 느긋이 그 결론에 도달할 때까지의 과정을 즐기는 건데, 누구나 자기 의견이라는 게 있다, 그런 것 아니겠소? 그건 마치 지난번 독재적인 마립간에게 당한 울분을 지금 와서 풀어보자 그 심사인 것 같소. 아무튼 천신만고 끝에 벽의 한 구석을 지정 받으면, 다음엔 벽화 제작비용에 대해서 특별 재정 위원들이 따로 모여 심의를 하오. 그게 상급기관으로 올라가 결재를 받아야 하구, 그 서류가 다시 하급기관으로 내려오면……

근위병　쳇, 그만 둡시다.

장님 걸인 (귓구멍을 후빈다) 그것 참, 시끄럽네!

화가 듣기 싫은 모양이군. 아뭏든 내 생전에 이런 지독한 비능률은 처음 당했소. (칠통을 뒤집어 보이며) 물감 한 방울 구경 못했으니— 기막히게 좋은 소재인들 무슨 소용 있겠소? 예술가의 영감만 시들어 가지.

근위병 참 안됐구려, 화가 양반.

화가 그래두 예전 같으면 이런 말이나 해 보겠소?

근위병 어땠는데, 예전엔?

화가 그땐 자유가 없었지. 지금이니까 맘 놓구 떠드는 거요. 난 자유다!

근위병 조심하구려. 그라다가 사다리 아래로 떨어지겠수.

화가 떨어지는 것두 내 자유요!

근위병 (장님 걸인을 가리키며) 이 사람 위에라도 떨어지면 어쩔려구—.

화가 그 사람 거기에서 자는 것두 자유지!

장님 걸인 자유, 참 좋아하는구려.

화가 그렇소, 세상에서 가장 좋은 게 자유요. (칠통을 뒤집어 보이며) 비록 물감 한 방울 안들었지만, 이 속엔 자유가 가득 들었소.

가까운 곳에서 환호성이 일어난다.

화가 아, 내마님이 온다!

근위병 내마?

화가 그렇소, 지금 저기 오고 있소. 아, 이럴 때 물감이 있었더라면— 나에게 물감을 다오!

근위병 (장님 걸인을 흔들어 깨운다)

장님 걸인 왜 깨웁니까?

근위병 내마님이 이리로 온다잖소!

장님 걸인 그래서 어쩌라는 겁니까? 난 눈이 없소이다. (다시 잠이나 자야
            겠다는 듯이) 사람들이 환호하는 그 긴 손을, 난 보지 못합니다.

근위병 당신더러 보라는 건 아니구. 저어, 부탁이 있소. (동전을 장님
            손에 쥐어주며) 이리로 올 때, 한마디 물어 주겠소?

장님 걸인 뭘 묻는 건데요?

근위병 내마, 지금은 외로운가? 이렇게 물어 보구려.

장님 걸인 그야 어렵지도 않구만.

            장님 걸인, 일어나서 지팡이로 더듬거리며 걸어간다.
            내마, 등장.
            두 사람은 마주친다.

화가   아, 나에게 물감이 있다면!

장님 걸인 (더듬거리며) 내마님, 어디 계십니까?

내마   여기 있소.

장님 걸인 아, 그럼 묻겠습니다. 내마, 당신은 지금 외롭습니까?

            사이.
            내마, 장님 걸인을 바라본다.

내마   아니요, 나는.

장님 걸인 아, 아니라굽쇼? (허공을 두리번거리며) 지금 외롭지 않다고 그
            럽니다.

장님 걸인, 지팡이로 더듬거려 제자리에 돌아가서 잠이 든다.

내마, 문 앞에서 누군가 오기를 기다리며 서 있다.

화가　　이 순간 물감만 있었던들- (벽에 열정적으로 붓을 휘두르며) 위대
　　　　한 작품이 나왔을 거요!

근위병　안됐오.

화가　　이런 기횐 다시는 오지 않을 텐데!

근위병　염려마우. 이런 소재 말구 또 얼마든지 좋은 소재가 생길 테
　　　　니.

화가　　아니요, 당신은 몰라!

근위병　(내마가 들으라는 듯 일부러 커다란 목소리로) 화가 양반, 약탈 장
　　　　면을 그려 본 적 있소?

화가　　뭐요?

근위병　약탈이요, 약탈. 벽화로 그리기엔 얼마나 웅장한 소재겠소?
　　　　그 벽에다, 오곡이 무르익은 들판을 그리시지. 한 옆으론 열매
　　　　가득한 과수원도 그리시구. 그 가운데, 민가는 불타고 있어.
　　　　밀어닥친 약탈자들, 가을의 수확을 빼앗는 거요. 부녀자는 겁
　　　　탈 당하구, 사내란 모두 붙들리어 살해되었소. 길가 나무마다
　　　　그 시체들이 즐비하게 매달려 있지. 때마침 황혼이요. 피처럼
　　　　짙은 그 노을을 빠뜨리지 마시오. 그건 이 약탈 장면에 비참한
　　　　효과를 낼 테니. 어떠시오, 그런 소재가?

화가　　당신, 상상력이 풍부하구려. 탐나긴 하지만, 나처럼 사실주의
　　　　화가에게 어울리지 않소.

근위병　상상이 아니라면 그려보겠소?

화가　　어디 그런 일이 있을라구-.

근위병	당신은 사다리 위에만 있으니까 소식이 캄캄하군. 여기 내마님에게 물어보구려. 지금 약탈이 벌어지고 있으니까.
화가	내마님, 그게 사실이오?
내마	(고개를 끄덕인다)
근위병	이젠 믿겠소? 지금 국경 지방에선 그렇다는 거요. 대낮에도 버젓이 약탈자들이 몰려 다니는데, 국경을 넘어온 놈들이라오. 자기네 멋대로 하구선, 다시 슬쩍 저쪽으로 넘어갔다간 다시 오구─.
화가	아니, 그럼 이쪽에선 도대체 뭘 하는 거요?
근위병	이쪽에선 뭘 하느냐, 그야 우선 의견을 다 듣구나서 결정할 일이겠지. 사람마다 좋은 방법 하나쯤은 말할 테니까. 안 그렇소?
화가	그렇지!
근위병	세상은 말 많은 것 때문에 망하게 될 거요!
화가	맙소사!
근위병	그림의 소재로 어떻소?
화가	나에게 물감을 다오! 세상의 이 참상을 그려야겠다!

기택 등장.

기택	오래 기다렸소, 내마?
내마	방금 전에 왔습니다.
기택	(무엇인가 말 꺼내기가 곤란한 듯이) 하늘 참 맑구려.
내마	가을엔 높고 푸르지요. (미소를 지으며) 하늘 얘기입니까, 만나서 하시겠다던 말씀이?

기택 아, 아니요. 곧 귀족 회의가 열릴 거요. 그래서 내마, 당신과
상의 좀 하고 싶은데—

내마 회의가 열리면, 모이신 분들과 의논하시지요.

기택 물론 그렇게도 하겠지만—

내마 그럼 됐군요.

기택 귀족회의란 시간 낭비입니다. 뭐 하나 되질 않아요. 그저 모여
서 떠들기만 한다는 건, 당신이 적는 그 기록부를 봐도 알잖
소?

내마 네. 말의 홍수가 넘치고 있긴 하지요. 그러나 이 홍수는 한때
의 현상입니다. 막아놨던 제방이 터진 거니까요, 한꺼번에 쏟
아지는 건 당연한 겁니다. 이 흐름을 자연스럽게 보셔야지요.
(강조하듯이 다시 한번 말한다) 자연스럽게요. 홍수난 한때를 이
흐름의 전부라곤 보지 마십시오.

기택 이 한때를 조절하면 안되겠소?

내마 무엇에 맞게 조절하고 싶습니까?

기택 알맞게. 효과적으로.

내마 전체의 흐름에 맞추셔야지요.

기택 너무 막연한 것 같소, 내마.

내마 홍수가 지나고야 땅은 비옥해집니다. 또 비옥한 땅이라야 모
든 씨앗이 자라나기 알맞습니다. 모든 것이 그 생김새 따라 자
라나고, 꽃을 피우고 열매 맺는 것, 우리의 이 오랜 소망은 막
연한 꿈은 아닙니다.

두 사람이 이야기하고 있는 동안, 귀족들이 회의장 안으로 들어가고
있다.

사다리 위에 화가가 귀족들이 지나갈 때마다 외쳐댄다.

화가　　물감을 다오! 세상의 참상을 그려야겠다!

젊은 귀족　(내마와 기택 곁을 지나가다가) 회의는 정각에 시작될까요?

기택　　글쎄, 그렇게 되었으면 하오.

젊은 귀족　(여러 장의 편지를 꺼내보이며) 이거, 뭔지 아십니까?

기택　　자랑마시오, 나도 여러 장 받았으니.

젊은 귀족　몇 장이나 받으셨는데요?

기택　　아마, 백장쯤.

젊은 귀족　그래요, 겨우?

기택　　당신은?

젊은 귀족　난 삼백쉰넉장 째 받았습니다. 당신보다는 내 인기가 더 높다
　　　　는 것 아니겠어요?

기택　　(실소를 하며) 아마 그런 것 같소.

젊은 귀족　나 먼저 들어갑니다.

기택　　저 손에 든 게 뭔지 아오, 내마?

내마　　알고 있습니다.

기택　　매일 저런 투서가 날아들고 있소. 절대적인 통치자를 세워라,
　　　　없앴던 마립간의 지위, 그걸 다시 세우라니! 사태는 긴박해졌
　　　　소. 누군가 한사람에게 강력한 그 지위를 주어 이 사태를 수습
　　　　해야 한다는 것이 투서의 한결같은 내용이오. 그런데 내마, 그
　　　　투서를 받는 귀족들은 어떤 줄 아시오? 은근히 기뻐하고 있
　　　　소. 방금도 보았잖소? 몇 장이나 받았는지 서로 자랑하구, 그
　　　　수효가 많을수록 마립간 자리에 더 욕심을 냅니다. 그래서 의
　　　　견을 합치면 충분히 극복할 수 있는 이 사태를 그냥 방치해 두

는 거요. 이것을 내마, 그저 자연스럽게 봐야 하겠소?

내마 고의적으로 방치해 두는 건 아닐 겁니다. 의견을 합친다, 이런 경험이 부족한 때문이지요. 그럴 수밖에 없잖습니까? 겨우 두어 달밖엔 안됐습니다. 우리들 모두 지금은 잘 모르지만, 차츰 그것에 익숙해질 겁니다.

기택 (점잖게, 그러나 야유하듯 들린다) 존경하는 내마, 지금 당신은 무슨 소릴 하는 거요?

내마 자연스럽다는 것에 대해서 말하고 있습니다.

문 안에서 한 귀족이 나와 알린다.

한 귀족 어서 들어오시오. 회의가 시작될 것 같소.

기택 네, 곧 갑니다. (내마에게) 마립간의 문제가 거론될 거요. 그리고 그 지위를 부활시킬 건 틀림없소.

내마 그럴 리 없습니다.

기택 (답답해서) 아, 내마—

내마 우선 나 자신이 반대니까요.

기택 당신은 기록관이오. 유감스럽게도 기록관의 직무는 공정을 지키는 거요. 내마, 당신에겐 표결할 권리가 없잖소?

내마 모든 귀족들도 반대할 것입니다.

기택 몇 번 말해야 알아듣겠소? 회의가 제 시간에 시작되긴 처음이요. 이걸 봐서라도 내마, 당신은 심상치 않다는 걸 알아야 합니다. 귀족들은 모처럼 의견의 일치를 볼 것이오. 다만 누구에게 강력한 그 지위를 주느냐, 그게 문제지. 모두 다 자기 아니면 안된다구 할 테니, 또 얼마나 많은 시간을 끌 것인가— 참

지겨운 일이오.

내마　왜 꼭 그렇게만 말씀하십니까?

기택　사실이 그렇잖소, 내마!

내마　아니요, 그렇게만 보신다는 건―

기택　(손을 내저으며) 내마 간단히 합시다. 사태는 긴박하오. 그런데 또 쓸데 없이 시간을 낭비한다면, 세상 꼴은 뭐가 되겠소? 부탁이요, 내마. 당신이 누구 한 사람을 지명해 버리시오. 누구든 좋소. 누구든, 그 긴 팔로 가리키시오. 그럼 나머지 사람들은 아무 소리 못할 거요.

한 귀족, 다시 문 밖으로 나와 소리친다.

한 귀족　안 들어오겠소?

기택　들어갑니다, 내마.

내마　(고개를 가로젓는다) 당신하고는 들어가지 않겠습니다.

기택　나 먼저 가겠소. 잘 생각하시오, 내마.

기택, 들어간다.
사이.
근위병, 장님 걸인을 깨워 동전을 주며 귀에다 속삭인다.
장님 걸인, 일어나 지팡이를 더듬거리며 내마에게 다가온다. 그 지팡이가 내마의 긴 손을 탁탁 건드리게 된다.

장님 걸인　내마시지요?

내마　그렇습니다.

장님 걸인   다시 한번 묻겠습니다. 이제는 외로워졌습니까?

내마   외롭지는 않소.

장님 걸인, 고개를 흔들며 다시 제자리에 돌아와 잠이 든다.
사이.
사다리 위의 화가가 갑자기 외친다.

화가   와, 약탈 당한 피난민들이 온다!

누더기를 입은 미사흔과 북호, 다시 만나 기뻐하는 형 눌지와 함께 들어온다.
눌지, 내마를 보자 먼저 달려와 껴안는다.

눌지   내마, 기뻐해 주시오! 내 동생들이 돌아왔소!

미사흔, 복호   안녕하십니까!

내마   아, 어서오시오!

복호   간신히 탈출해 왔어요.

미사흔   인질, 말도 마시오. 고생만 지독히 했습니다. 그런데 듣자하니, 조국이 자유롭게 됐다는 것 아니겠어요. 그럼 죽어도 조국에서 죽자 그래서 달아나온 겁니다.

내마   다시 만나 반갑습니다.

복호   위대한 일을 하셨더군요, 내마.

내마   나 혼자 한 건 아니지요.

복호   뭘요. 형님은 우릴 만나자마자 당신 이야기부터 하던데요.

미사흔   다른 분들은 회의장에 계신다면서요? 우선 인사를 드려야겠습니다.

미사흔, 복호, 문안으로 들어간다.
따라 들어가던 눌지, 서 있는 내마에게 돌아온다.

눌지   내마, 당신은 왜 들어가지 않는 거요?

내마   (침묵)

눌지   안색이 좋질 않군. 무슨 걱정이라도 있소?

내마   눌지님, 어떤 일에나 우리는 함께 괴로워 했고, 또 함께 기뻐 했습니다.

눌지   새삼스럽게 무슨 말씀이오? 나는 당신이오, 또 당신은 나 자신입니다.

내마   당신을 믿겠습니다. 오늘 회의장에서 마립간을 추대하자는 안건이 나오거든 반대를 하십시오.

눌지   염려마시오, 내마.

2장

회의장(會議場) 안.
눌지와 내막 들어온다.
회의용 원탁에는 온갖 서류들이 수북히 쌓인 채 방치되고 있고, 한가운데 금관이 놓여 있다.
귀족들이 모두 일어나 돌아다니며 나직한 음성으로 서로 협상하기에 여념이 없다.

미사흔, 복호, 인사하려 다니다가 붙들려서는 은근한 설득조의 말을 듣는다. 그 말이 끝나기도 전에 또 다른 귀족이 반갑다는 듯 나꿔채가 같은 말을 한다.

눌지, 원탁의 자기 의자에 앉는다. 그는 서류들을 펼쳐 놓고 참을성 있게 검토하며, 다른 귀족들도 앉기를 권유한다.

눌지　자, 회의를 시작합시다.

가배　(이야기 중인 상대방의 어깨 너머로) 회의는 시작된 지 오랩니다.

눌지　아, 그래요? 그런데 서류들이 그냥 있잖소?

　　　사이.

눌지　잠깐, 나 좀 봅시다.

사율　왜 그러시오?

눌지　이 보고서 말이오.

사율　그거요, 조금만 더 놔두시오.

눌지　급한 거 아니요? 약탈된 지방에 대한 이 보고서는?

사율　놔두시오, 눌지.

　　　사이.

눌지　(재서에게) 피난민 대책은 당신이 초안하기로 한 건데, 어찌 됐소?

재서　(듣는 둥 마는 둥 지나간다)

눌지	여러분, 식량 확보가 중요합니다. 각 지방의 피해 현황을 조사하고, 더 이상의 약탈을 막아야겠소. 그리고 곡물의 폭등이 예상되니까, 매점 매석 행위는 금지시켜야 할 거요. 자, 의존해 봅시다. 이 정도에서 사태를 수습한다면, 아직은 비관적인 아닌 것 같소.
기택	(비웃음을 짓고) 그렇소. 아직 비관적이 아닐 거요.
눌지	왜들 이러지요?
기택	(내마에게) 얼마나 자연스런 광경이오?

의아로워 하는 눌지에게 미사흔이 웃으며 다가온다.

미사흔	형님은 어떤 조건입니까?
눌지	어떤 조건이라니?
미사흔	마립간이 되도록 밀어드리면 나에게 어떤 자릴 주시겠느냐구요?
눌지	자리?
미사흔	시치미 떼지 마세요. 지금, 마립간을 뽑는 중이라면서요?
눌지	(온몸에 경련을 일으킨다) 아, 그랬었군!
기택	유감이군요, 미사흔.
미사흔	왜요?
기택	당신의 형님은 자격 상실자거든. 마립간의 지위에는 욕심을 갖지 않는다, 이렇게 맹세를 했단 말이오. 그러니 다른 사람에게 가보구려. 차라리 그쪽이 유리할 거요.
미사흔	(다른 귀족에게 나꿔채이듯 끌려가며) 형님, 저 맹세했단 말이 사실입니까? 아니겠지요, 그런 원래 형님 것인데, 그렇잖아요?

다른 귀족 내 말 좀 들어보오, 미사흔.

눌지, 확고한 태도로 원탁 위에 놓인 금관을 잡더니 자기 머리 위에 쓴다.

기택 모두들 여길 보시오!

모든 귀족들이 일제히 바라본다.

귀족들 눌지, 당신은 자격이 없소!
눌지 당신들은? 당신들은 자격이 있소? 이 왕관은 내 것이오!

모든 귀족들, 눌지에게 달려 들어 그 머리에 쓴 금관을 벗겨내려 할 때, 근위병이 들어온다. 그는 눌지에게 경례한다.

근위병 명령만 내리십쇼! 저희 근위대 소속 병사들은 새 마립간께 충성을 다하기로 결의했습니다.
눌지 이들을 몰아내!
근위병 넷, 마립간님. 근위대대 앞으로 진격!
귀족들 폭력이다!

귀족들, 달아난다. 미사흔, 복호도 쫓겨난다.
근위병, 진격을 외치며 내마마저 쫓아낸다.
눌지, 원탁 위에 쌓인 서류들을 처리하기 시작한다.

눌지	근위병.
근위병	넷, 마립간님.
눌지	그런데, 왜 근위대대 병사들은 나타나지 않는가?
근위병	저의 개인적인 장난이었습니다.
눌지	장난?
근위병	네, 그러나 눌지님은 마립간이 되셨고, 그런즉 근위대대의 충성 서약은 시간 문제입니다. 안심하고 일하십시오.
눌지	고맙네. (나가 있으라고 손짓한다) 아무도 들여 놓지 말게. 일에 방해만 된다.
근위병	알겠습니다, 마립간님.

3장

어둠.

내마가 홀로 번민하며 웅크리고 앉아 있다.

긴 침묵.

어둠 속에서 장님 걸인이 타닥타닥 걸어 나온다. 더듬거리는 지팡이 끝이 내마의 긴 손에 닿는다.

내마	왜 또 왔소?
장님 걸인	이제는 어떻습니까?
내마	외롭지 않소, 아직은.
장님 걸인	아직 외롭지 않다굽쇼? 그럼 내일 또 오겠습니다.

내마	언제까지 이럴 거요?
장님 걸인	헤헤, 언제까지 이럴지는 저두 모르겠는뎁쇼.
내마	제발 좀 오지 마시오.
장님 걸인	그런 제가 할 소립죠. 내마님, 제발 좀 사물을 똑바로 보고 외

장님 걸인 그런 제가 할 소립죠. 내마님, 제발 좀 사물을 똑바로 보고 외로워지십쇼. 눈 먼 저보다 더 못보셔야 말이 됩니까? 헤헤, 전 이래두요, 사람들 속 마음만은 제법 볼 줄 아는뎁쇼, 마립간이 다시 세워진 후, 사람들 마음이 어찌된 줄 아십니까? 하필 그것두 눌지님이라니! 헤헤, 엉망진창이 되구 말았습니다. 한마디로 믿을 게 뭐냐? 없다, 이겁니다. 맹세구 나발이구 다 헛거다, 이런 판인데 누가 콩으로 메주를 쑨다 해보십쇼. 그게 믿어질 리 있겠습니까? 이런 걸 뭐라더라…… 동전까지 주면서 일러 주던데…… 옳지, 생각났습니다. 국가 전체의 정신적 몰락이다, 이런 거라는뎁쇼, 뭐 저야 그게 무슨 말인지 알 필요도 없습니다만, 내마님에겐 굉장히 중요한 거라면서요?

내마 그런 말 어디에서 들었소?

장님 걸인 글쎄요, 잠 좀 잘까 하면 툭툭 깨워져서는 그런 소릴 듣습니다요.

4장

어둠.

근위병, 회의장 문 앞에서 보초를 서고 있다.

대사 등장. 주위를 살피더니, 근위병에게 다가간다.

대사	언제까지 이러시겠소?
근위병	내마가 나처럼 외로워질 때까지.
대사	장난 좀 그만 두시오. 이러다간 마립간의 지위마저 잃으시 겠소.
근위병	대사—
대사	네?
근위병	(웃으며) 아, 아니오.
대사	(심각하게) 말씀해 보시오.
근위병	대사, 이해나 할 것 같소? 지금 한 남자가 외로워져 가고 있 소. 과일이 익어가듯이, 그는 그렇게 익어가는 중이오. 나는 손을 벌리고 밑에서 기다리지. 그 남자는 내 것이오.
대사	도대체 무슨 말씀을?
근위병	그것 보시오, 당신은 이해 못하지.
대사	이 장난을 중지 않는다면—
근위병	장난? 아니오, 내 인생의 가장 진지한 작업이오.
대사	나는 눌지와 타협하지 않을 수 없소. 아시겠소? 그를 마립간 으로 인정하지 않으면 안된단 말이오.
근위병	좋을대로 하구려.
대사	미쳤군.
근위병	다른 건 내 알 바 아니요.

대사, 퇴장한다.
근위병, 그를 향해 폭소를 터트린다.

5막

1장

회의장 문 앞.

사다리 위의 화가, 물감을 지급 받아 벽화를 구상하고 있다.

근위병, 여전히 문 앞에서 보초를 서고 있다.

내마, 등장한다.

화가	아, 내마님이 온다!
근위병	쉿, 조용히. (문 안을 가리키며) 마립간께서 집무 중이오.
화가	마침 잘 오십니다! 물감이 나왔어요, 물감이! 거기 좀 멈춰 서 실까요!
내마	(문 안으로 들어가려 한다)
근위병	정지!
내마	내가 왔다구 말씀 드리게.
근위병	아무도 들여 놓지 말라는 명령이오.
내마	(근위병을 비켜서 들어가려 한다)
근위병	(막으며) 안됩니다.
내마	내가 누군지 알 것 아닌가?
근위병	누구시라는 건 잘 알지요. 하지만 들어 갈 수 없습니다.

내마, 밀어제치고 들어가려 하나, 근위병도 필사적으로 내마를 막

는다.

아로 등장, 그녀는 마립간의 부인으로서 화려한 성장을 하고 있다.

아로 왜 그러지?

근위병 이 분이 들어가려 하십니다요.

아로 내마님이 오셨군요.

내마 눌지님을 만나려 왔습니다.

아로 근위병의 무례한 행동을 용서하세요.

내마, 문 안으로 들어가려 한다. 근위병이 막는다.

아로 잠깐, 내마님. 아무래도 근위병이 들여보낼 것 같지 않구요.

근위병 명령입니다.

아로 무례하긴 하지만, 그건 충실한 행동이에요.

내마 부인, 제가 왔다고 전해 주시겠습니까? 눌지님은 기꺼이 허락
하실 겁니다.

아로 물론 그러시겠죠. 두 분은 다정한 친구시니까 아무리 바빠도
반갑게 만나주실 거예요. 하지만요, 내마님. 지금까지 아무도
이 안으로 들어가질 못했답니다.

내마 급합니다. 눌지님께 드릴 말씀이 있어요.

아로 전 도와드릴 수가 없군요.

내마 뭐라구요?

화가 내마님, 얼굴 좀 이리 돌려 주시오.

아로 그렇지만요, 나중에 제가 말씀을 전해 드릴 수는 있지 않겠어
요?

내마	난 들어가겠습니다.

내마, 긴 손으로 근위병을 물리치고 들어가는 것을 아로가 붙든다.

아로	(싸늘하게) 소란 피우지 마세요.
화가	내마님, 당신의 얼굴은 창백하군요!
아로	조용히 그림이나 그리도록 해주세요. 당신을 주제로 한 벽화랍니다.
화가	새벽 달보다 더 하얗게 창백합니다!
아로	제 남편을 방해마세요. 그분에겐 지금 긴급한 일이 있답니다. 내마님이 하실 말씀이 뭔지는 모르겠지만요, 아마 그분 일보다야 덜 바쁠 거예요. 수북이 쌓인 서류들 속에 온종일 몰두해 계셔요. 낮과 밤을 잊으셨구 그저 일만 하시죠. 초췌해진 그 모습이 제 맘을 아프게 해요. 부탁입니다, 내마님. 당신은 그부의 친구시잖아요. 그런데 왜 그분 일을 방해하시려는 거예요?
내마	그분을 위해서입니다.
아로	아, 제발 그러시다면 저에게 대신 말씀해 주세요.
화가	하얗고 하얀 내마!
근위병	쉬잇-
화가	그 얼굴과 그 손이 새벽달보다 새하얗구나!
아로	말씀하세요, 어서.
내마	눌지님이 저에게 이 기다란 손을 달아주시던 날-
아로	아, 추억이니까요?
내마	우리는 모두 아름다운 이상(理想)을 보았습니다. 그리고 그것

을 이룰 수 있다고 믿는 동안엔, 이 손을 단 나는 자랑스러웠지요. 그러나 지금 이 손은 우스꽝스럽게만 여겨집니다.

아로 (무릎을 꿇고, 내마의 긴 손에 입맞추며) 저는 이 손을 찬미해요.

내마 그 누구도 이젠 그렇게 하지 않습니다.

아로 이 손은 제 남편이 달아드린 그대로예요. 그런데 모양이 달라지기라도 했어요?

내마 달라진 데라곤 없습니다.

아로 그럼 됐잖아요?

내마 아닙니다.

아로 내마님, 자랑스런 정의의 손이에요.

내마 아니요, 부인. 세상의 모든 사람들은 그렇게 믿지 않습니다. 그들은 다시 의심할 뿐이지요. 이 손을 보면 모두 비웃어 버립니다. 그들에겐 악의적인 장난에 희롱당한 기억이 너무도 생생합니다. 그 어떤 선의(善意)도, 약속을 깨어서는 안돼요. 가라 앉던 그 기억이 망령처럼 되살아나서, 모든 걸 신뢰하지 못하도록 방해하고 있습니다.

아로 그 말씀을 하러 오셨나요?

내마 네, 부인. 그래서 마립간의 지위를 버리라고 왔습니다.

아로 그건 부당한 말이에요! 제 남편과 깊은 우정을 가진 당신이 그런 말씀을 하실 수 있는가요?

내마 그렇습니다. 그분과 저는 각별한 우정을 갖고 있습니다. 하지만 부인, 나에게는 개인적인 우정을 떠난 의무가 더 소중합니다.

아로 제 남편도 그래요. 당신과의 개인적인 우정보다 더 중요한 국가에 대한 의무가 있죠.

내마	(문 안으로 들어가려 한다) 이젠 들어가야 하겠습니다.
아로	들어가실 필요 없어요. 잊으셨나요, 식탁의 맹세를?
내마	(멈칫 선다)
아로	제 남편이 마립간이 되면 난 염소더러 아버지라고 부르기로 했었잖아요? 그걸 제가 지키겠어요.
내마	(아로의 얼굴을 바라본다)
아로	왜요? 제가 못할 것 같아서요?
내마	그런…….
아로	저는 하겠어요. 그래서 사람들이 아직도 정의가 살아있다, 그 것을 믿는다면, 그리고 제 남편의 선의도 입증된다면, 그렇게 하구 말구요.
내마	(아로의 결연한 태도에) 감사합니다, 부인.
아로	내 염소를 가져오세요.

내마, 퇴장한다.

근위병	정말 그러시겠습니까요?
아로	해야지.
근위병	네에? 마립간의 부인께서, 염소더러 아버지라 부르신다 그겁 니까?
아로	그건 참을 수 없는 치욕이겠지?
근위병	물론. 치욕이다마다요. 더구나 모든 사람들을 불러 놓구, 그 앞에서 그런 수치스런 꼴을 보인다면, 웃음거리밖에 뭐가 되 겠습니까?
아로	하지만 그 약속을 지킬 수 밖엔 없잖아!

근위병 염려 마십시오, 한 가지 방법이 있습니다.

아로 무슨 수라도 있어?

근위병 있읍지요. 저는 내마보다 걸음이 빠릅니다요. 그는 긴 손을 달아서 걸음이 느리거든요. 제가 앞질러 가서 부인께서 기르시는 염소를 죽여버리겠습니다. 어떻습니까?

아로 (결심을 하고) 그래라. 가서 죽여버리렴.

근위병 달려간다.

화가 창백한 내마, 새하얗게 그려야지!

아로 그러나 말야, 어디 염소가 내 것 한 마리뿐일까? 시내에서도 얼마든지 살 수 있잖아?

아로, 궁리한다.

아로 미사흔! 복호!

미사흔, 복호 등장.

미사흔 부르셨습니까, 형수님?

아로 좀 도와주셔야겠어요.

미사흔 뭔데요?

아로 성문을 닫아버리세요.

복호 이 대낮에 성문은 왜요?

아로 그리고 시중의 모든 염소들을 사들이세요.

미사흔   (그 뜻을 알아채고, 웃으며) 아, 그 아버지 같은 염소를요.

아로   한 마리도 놓쳐서는 안되요.

복호   (웃으며) 느닷없이 가축 상인이라…….

아로   달라는 대로 돈을 주세요. 두 배, 세 배, 네 배…… 얼마든지 그래서 모조리 사들이는 거예요.

미사흔·복호   알겠습니다, 형수님.

미사흔, 복호 퇴장.
근위병이 뛰어 들어온다. 그의 손에는 아로가 기르던 염소의 잘린 목이 들려있다.
염소 뿔에는 황금 고깔이 씌워 있다.

근위병   아하, 내가 한 발 빨랐습죠.

아로   (염소 목을 받는다) 수고했다.

근위병   뭘입쇼. (문 앞에 가서 다시 보초를 선다)

아로   (염소 목을 들고 까르르 웃으며) 황금 고깔을 쓴 너, 오늘따라 넌 어여쁘구나!

기택, 사율, 가배, 재서, 네 명의 귀족들 등장.

기택   부인께서 더 어여쁘십니다.

아로   (웃음을 그치고 휙 뒤돌아본다)

기택   놀라지 마십시오. 저희들은 부인 편입니다.

귀족들   그렇습니다, 부인. 저희들은 권력의 편이지요.

아로   (의심쩍게) 그래요?

사율   내마를 만났지요.

재서   가축 시장엘 가더군요.

기택   또 쓸데없는 혼란이 싫습니다.

재서   그렇지요, 이제 우리 입장은.

가배   그리고 또…….

아로   또 뭐죠?

가배   내마 혼자서 정의인 체 한다는 것이 우리에겐 싫습니다.

귀족들, 제각기 짤막한 칼을 꺼내든다.

기택   내마가 염소를 데려온다면…….

귀족들   우리들은 그를 찌를 것입니다.

아로   (싸늘하게) 고마워요!

2장

가축시장.

'염소를 삽니다'라고 적힌 현수막을 내걸고 미사흔과 복호가 흥정을 하는 중이다. 염소를 팔고자 하는 사람들로 그들 앞은 흥청거린다. 오른쪽에 내마, 그 앞은 한산하다. 한 남자가 염소를 끌고 내마 곁을 지나간다.

내마   그 염소 파실 거요?

남자1　네.

내마　나에게 팔아 주시오.

남자1　값은 얼마나 주시겠습니까?

내마　한 마리 값이요.

남자1　그럼 안되죠. 지금 시세가 얼만데요, 다섯 마리 값으로 껑충 뛰었다구요.

내마　한 마리 값이요. 그렇게 받으시는 것이 정당합니다.

남자1　제대로 안 주겠다면요, 나도 못파는 거죠.

남자, 내마와는 흥정이 안된다는 듯이 미사흔, 복호 쪽으로 가버린다. 다른 남자 등장. 호들갑스럽게 내마에게 인사한다.

남자2　오, 존경하는 내마님!

내마　염소 파시겠소?

남자2　팔다 마다요. 그런데 내마님, 이렇게 뵙기는 영광입니다요.

내마　감사하오.

남자2　오히려 그건 제가 할 소립죠. 아 그래, 내마님 아니구서야 이런 호경기를 만날 수 있겠습니까요. 무려 다섯 배로 뛰었다면서요? (염소 고삐를 내마의 손에 쥐어주며) 감사합니다요.

내마　한 마리 값을 주겠소.

남자2　네에? (얼른 고삐를 채간다)

내마　왜 그러시오?

남자2　아, 아뇨.

내마　안 파시겠소?

남자2　거저라도 드리고 싶지만 지금 제 사정이 딱합니다요. 다섯마리 값을 받아야만 마누라 옷 한 벌도 뜨겠구요, 또 저는 어린 애가 셋이나 딸려놔서요– 내마님, 죄송합니다요.

내마　　사정이 그러시다면–.

남자2, 미사흔, 복호 쪽으로 간다.
북적거리던 그쪽에서 환성이 일어난다.

복호　　더 값을 올렸소!

미사흔　이젠 일곱 마리 값이오!

염소를 팔러 오던 사람들, 그쪽으로 몰려간다.

내마　　나에게 파시겠소?

남자3　(달려나가다가) 얼마 주시겠습니까?

내마　　한 마리 값이오.

남자3　(그냥 달려가며) 나 말구도 얼마든지 있으니까요.

미사흔, 복호, 값을 더 올린다.

복호　　옛다, 여덟 마리 값이오!

미사흔　자, 와요, 어서들 와요!

염소를 가진 사람들은 모두 미사흔과 복호에게 팔아버린다.

미사흔　거의 다 사들였겠지?

복호   이 성문 안에 있는 건 다 그랬을 겁니다.

미사흔   내마는 아직 한 마리도 사질 못했군.

복호   값이 비교도 안되니까요.

가축 시장, 한산해진다.

한 남자가 염소를 끌고 어기적저기적 내마에게 다가간다.

복호   형님, 저것 좀 보시오.

남자4   이 염소를 사시죠. 아마 이 한 마리가 마지막 남은 염소일거예요.

복호·미사흔   (외친다) 열 마리 값이다!

남자4   열배 값이라? 내마님, 가격은 저쪽처럼 열 배로 주셔야 합니다. 난 돈도 벌구, 또 호기심도 만족하고 싶거든요. 솔직히 그렇다구요. 마립간의 부인이 내 염소더러 아버지라 부르는 꼴을 보구 싶다 이겁니다. 자아, 딱 열 마리 값만 내십쇼.

미사흔   여보, 나 좀 보구려.

남자4   저 말씀인가요, 저?

미사흔   그렇소.

복호   당신, 그 염소 우리에게 파시오. 값은 열다섯 마리! 어떻소?

남자4   열다섯 마리? 내마님, 들으셨죠? 자, 그 값만 내구 이 염소를 사세요.

미사흔   스무 마리 값 주겠소!

남자4   괜찮은 흥정인뎁쇼. 하지만 내 호기심도 만만치가 않아서요.

미사흔   스물한 마리, 스물두 마리, 아니, 스물다섯 마리요. 이젠 팔겠소?

남자4	가만 있어 봐요.
복호	좋아, 서른 마리다!
남자4	(생각해 보다가) 내마님께 팔겠어요. 스물다섯 마리 값만 내세요. 난 정말 욕심 없는 사람입니다요. 다섯 마리 값은 밑지고 드린다구요.
내마	한 마리 값밖엔 더 드릴 수가 없습니다.
남자4	네에? 저쪽에선 서른 마리 값을 준다 하잖아요?
내마	당신의 염소는 몇 마리입니까?
남자	한 마리죠.
내마	그럼 한 마리 값을 받으시오. 그 값이 정당합니다.
남자4	이게 보통 염소인가요? 이 한 마리가 마지막 남은 놈이잖아요?
내마	당신 역시 정직한 사람이 될 마지막 기회를 가지셨습니다. 어떡하시겠소? 올바른 가격으로 나에게 파시겠소?
미사흔·복호	옛소, 서른다섯 마리 값이다!
남자4	네, 네, 갑니다, 가요. (내마의 발 밑에 침을 탁 뱉는다) 쳇, 별꼴 다 보겠네. 겨우 한 마리 값으로 내 염소를 빼앗으려 하다니!

남자, 미사흔, 복호에게 가서 염소를 팔아버린다.

복호	저런 놈 또 있을까 봐 겁이 다 납니다.
미사흔	끔직스런 놈이군!
복호	(외친다) 또 없소, 어디?
미사흔	없구나, 이젠.

미사흔, 복호, 사들인 염소떼를 몰고 가버린다.

남자, 염소 판 돈을 보라는 듯이 내마 곁을 지나갈 때 자랑한다.

내마, 홀로 서 있다.

사이.

실성. 내마의 등 뒤에 나타난다.

텅빈 가축시장이 떠나갈 듯이 웃어제킨다. 그는 근위병의 제복을 벗었다. 그는 땅을 치며 웃는다. 진정 참을 수 없다는 웃음이다.

실성   내마, 이제는 외로운가?

내마, 실성이 폭소를 터뜨리는 모양을 바라만 보고 있다.

실성   일찌기 내가 뭐랬나? 세상은 이런 거라구 그랬지. 외롭구 쓸쓸한 곳. 마침내 너두 나처럼 되었구나! 이젠 대답해 다오. 내마, 너는 외로운가?

내마   저 역시…… 외롭습니다.

실성   (내마를 포옹한다) 아, 내마!

내마   위안이 되십니까?

실성   그래…… 세상은 외로워.

내마   (포옹을 풀어낸다)

실성   너를 죽이려는 암살자가 있다, 내마!

내마   저에겐 할 일이 남았습니다. (퇴장한다)

실성   그럼 넌 죽는다! (안타깝게 부르짖는다) 내마, 넌 나의 위안이야! 내 손에 들어왔는가 했더니– 내마! 오, 나의 내마!

3장

희의장 문 앞.
눌지, 문 안으로 네 명의 귀족들을 몰아넣는다. 귀족들은 못마땅한 표정을 짓는다.
눌지, 문에 빗장을 걸어 잠근다.
내마, 등장한다.
내마 앞을 아로가 지나간다, 그녀는 쟁반에 염소 목을 담아들고 "요요- 아버지. 요요- 아버지."라고 희롱한다.

내마 눌지님-.
눌지 내마, 기다리고 있었소.

잠시 침묵.
눌지, 자기의 머리에 쓴 금관을 가리킨다.

눌지 이것 때문에 왔소?
내마 그렇습니다.
눌지 (담담하게 금관을 벗어 한 부분을 보여준다) 여길 보구려. 찌그러진 흔적이요. 기억하겠지만 저번 마립간이 내던졌을 때 생긴 겁니다. 그는 말했소. 그런 권력이 탐나겠느냐구. 나도 그렇소. 이런 걸 탐낼 것 같소?

눌지, 금관을 내던진다. 그리고 다시 줍는다. 새로 생긴 흔적을 내마에게 보여준다.

눌지 또 한번 찌그러졌소. 이젠 더 볼품없게 됐구려. (금관을 쓴다) 그러나 나는 이것을 다시 쓰지 않으면 안되오.

내마 (침묵)

눌지 내마-.

내마 눌지님은 마립간이 되어선 안됩니다.

눌지 무어라 해도 좋소. 그 어떤 꾸지람도 각오한 바요. 만약 내가 내 개인적인 욕심 때문에 이 찌그러진 것을 쓰고 있다면, 아, 그야말로 가장 지독한 자기 경멸이 아니겠소? 그러나 내마, 나는 이러한 내 모습에 긍지를 느낍니다. 조국의 현실이 나에게 맡긴 이 많은 일들에 감사하고, 최선을 다해 일하는 나 자신에게 한 점 부끄러움도 없소.

내마 (침묵)

눌지 나의 관심사는 말이오, 오직 조국이 처한 위기를 극복하는 것뿐이오. 다행히 사태는 나아졌소. 약탈도, 기근에 대한 우려도, 구리고 걷잡을 수 없던 혼란에 대해서도, 이젠 한숨 놓아도 좋게 됐소. 내마, 진실로 부끄러움 없이 묻겠는데, 나 아니면 누가 이 일을 해내겠소?

내마 그 누구도 눌지님 만큼은 못하겠지요.

눌지 (겸손하게) 고맙소, 내마.

내마 그러나 눌지님, 우리에겐 보다 더 큰 이상(理想)이 있지 않습니까?

눌지 알고 있소. 내가 그 이상을 포기한 것 같소?

내마 아닙니다. 절대로 포기하지 않으셨을 겁니다. 지금보다 더 어려웠던 때에도 눌지님은 그것을 잘 살려 오셨습니다. (미소를 짓고) 씨앗이 뭡니까? 자, 이번에도 그 씨앗을 위해 눌지님은 약속을 지키십시오.

화가   (그림을 그리며) 내마, 그 얼굴과 그 손이 새하얗구나!

눌지   부탁이요, 내마. 당신은 이번 일에 대해서 상관하지 마시오. 오히려 당신이 해야 할 일은 현실적인 이런 일에 참견하는 것이 아니라 정의를 지켰던 과거의 상징으로서 남아 있어야 하는 거요.

내마   과거? 그 어떤 과거를 말씀하시는 겁니까?

눌지   과거라는 표현이 옳지 않다면 미래라고 해도 좋소. 그 커다란 손, 당신은 그 정의의 손으로써 우리의 미래를 지켜줘야 하는 거요. 아시겠소, 내마? 우리의 현실이 아니라 미래요! 그게 바로 커다란 정의의 손을 가진 당신의 역할인 거요.

내마   미래라구요, 눌지님? 오늘에 대해 눈을 감고서, 그 어떤 과거나 그 어떤 미래를 볼 수 있습니까?

눌지   (침묵)

귀족들, 닫힌 문 안에서 문을 두드린다. "내마— 내마—"를 부르는 그들의 목소리가 들려온다.

내마   (카다란 손을 바라보며) 이 손이 나에게는 무겁습니다.

눌지   자랑스런 손이요!

내마   한 토막, 그저 나무로 깎아 만든 것입니다.

눌지   그렇지 않소, 내마!

내마   이 손으로 저 잠긴 문을 열겠습니다.

눌지   그 문을 열지 마시오!

내마   당신이 감춰두려는 현재는 바로 저렇게 문을 두드리고 있습니다.

눌지 그들은 당신을 죽이려는 사람들이오!

내마 내 손이 진실로 정의의 손이라면, 그들 갇힌 자를 자유롭게 해야 합니다.

눌지 열지 마시오, 내마!

내마 당신께서 달아주신 손입니다. 그리고 당신께서 정의로운 손이라 이름 붙이셨습니다. 그런데 이제 당신은 이 손이 합당한 일을 하려는 것을 못하게 막으시는 겁니까?

내마, 빗장을 벗긴다.
귀족들이 달려나오며 내마를 찌른다.

눌지 내마!

화가 그 얼굴과 그 손이 새벽 달처럼 새하얗구나!

실성, 등장.

실성 눌지, 당신도 이 사람을 살릴 수 없었단 말이오? 그 친절했던 당신도 이 사람 하나 세상에 살려둘 수 없소? 내마, 너는 나의 위안이다. 나를 위안해 다오!

눌지 오, 내마!

귀족들 (내마의 시신을 들것에 담아 퇴장한다. 내마의 커다란 손이 바닥에 질질 끌린다)

—막—

결혼

· **등장인물**

남자

여자

하인

작가 노트

이 작품은 응접실 또는 아담한 소극장(小劇場) 같은 곳, 그런 실내(室內)에서 공연하기 알맞도록 썼다. 음악으로 비교한다면 실내악(室內樂) 같은 것이다.

무대를 따로 만들 필요도 있지 않고 별다른 조명이나 효과의 도움을 받지 않아도 된다. 그러나 절대적으로 필요한 것은 그 장소에 모인 사람들이다. 이 연극의 등장인물, 하인은 그들로부터 잠시 모자라든가 구두, 넥타이 등을 빌려야 한다. 이 빌린 물건들을 단순히 소도구로 응용하기 위해서만이 아니다. 이 작품을 검토하면 알겠으나, 이 잠시 빌렸다가 되돌려 준다는 것엔 보다 더 깊은 의미가 있고 이 연극에 있어 중대한 역할을 차지하게 된다.

하인, 그는 빌린 물건들로 한 남자를 치장한다. 구색이 맞지 않고 엉뚱한 다른 물건들로 남자는 좀 우스꽝스럽기는 하지만 그럭저럭 부자처럼 보이게 된다.

남자, 그는 의자에 앉아 얼굴을 다 가리는 커다란 이야기 책을 읽기 시작한다.

하인은 그 남자의 곁에 부동자세로 선다. 그의 손엔 거의 쟁반만큼이나 커다란 회중시계가 들려져 있는데 실제로 하인은 가끔 그것을 쟁반으로 사용하기도 한다. 몹시 꼼꼼하게 시간을 재는 그의 모습은 꼭 그럴 필요는 없겠으나 무뚝뚝하고 건장했으면 한다.

남자   (이야기 책을 낭독한다) 옛날에, 옛날에, 한 사기꾼이 살고 있었습니다. 그는 젊고 잘 생겼으나 땡전 한 잎 없는 빈털터리였습니다. 어느날 그는 외로워졌으므로 결혼하고 싶어졌습니다. 누구나 젊음의 한 시기엔 외로워지기 마련입니다. 그래서 그런지 누구나 결혼한다고들 합니다. 하지만 그 사기꾼에겐 엄청난 고민이 있었습니다. 그 고민은 이렇습니다. 이 세상의 어떤 처녀가, 자기 같은 빈털터리 남자와 결혼해 줄 리 있겠습니까? 없습니다. 아무도 없다고 생각했습니다. 그래서 그런지 그는 몹시 절망적인 기분이 들었습니다. 그런 기분은 좋지 않습니다. 저절로 한숨이 나오구, 정신에도, 몸에도, 해롭습니다. 빨리 심호흡을 해서 그런 기분은 몰아내야 합니다. 그래서 그런지 젊은 사기꾼도 심호흡을 했습니다. 그리고는 벌떡 일어섰습니다.

한탄하지 말자!
근심 걱정도 말고!
곤란하면 운명에 맡겨 버리자!
지금의 한때 푸짐히 즐기되
지나간 옛날은 생각지 말자.
슬프게 보여도 무슨 일이나
그대의 행복이 되거늘
모든 건 신(神)의 뜻
신의 뜻을 따라 해보자!

그는 온종일 돌아다녔습니다. 정원이 달린 집과 훌륭한 옷과 그리고 그 밖에 부자로 보일 수 있는 여러 가지 물건들을 빌리러 다닌 것입니다.

젊은이의 아름다움에 행운이 있어라!
신(神)께서 정하신 바에 행운 있어라!

마침내 그 젊은 사기꾼의 소망은 이루어졌습니다. 정원이 딸린 최고급 저택을 빌릴 수 있었으며, 모자와 넥타이, 호사스런 의복, 그리고 이 건장한 하인까지 빌렸던 것입니다. 단, 조건이 있었습니다. 이 저택은 사십오 분 동안만 그가 주인이며 다음엔 되돌려줘야 합니다. 넥타이는 이십팔 분, 모자는 십구 분 오십 초, 그 밖에 다른 물건에도 제각기 정해진 시간이 있었습니다. 그러나 젊은 사기꾼은 매우 만족했습니다. 그래서 즉시 여성 잡지를 뒤져 사교란에 주소를 낸 여자에게 전보를 쳤습니다. 여자로부터 즉각 답신이 왔습니다. 맞선을 볼 의향이 있다는 것입니다. 바로 그것은 이쪽이 바라는 바이기도 했습니다. (혼잣말처럼) 왜 아직 안 온담?
(다시 책을 낭독한다) 오겠다 약속한 시간이 벌써 지났습니다. (하인, 시계를 본 채 손가락 다섯 개를 펼친다) 딱 오 분 지났습니다. 그는 초조해졌습니다. 책을 읽어 마음을 달래 보려 하였으나 초조해지기만 했습니다.

하인, 아무 말없이 책을 빼앗아 버린다. 감정이 전혀 나타나지 않는 기계적인 동작이다. 이 극의 마지막까지 하인의 동작은 그러하다. 남자가 항의하려 하자 하인은 무뚝뚝하게 자기의 회중시계를 내밀어 보일 뿐이다. 그리고는 남자가 미처 수긍하기도 전에 돌아서더니 빼앗은 물건을 가지고 나간다. 잠시 후, 하인은 돌아와서 남자 곁에 서서 부동자세를 취한다.

남자　여봐, 자네는 인정사정도 없긴가?

하인　(묵묵부답)

남자　그래? 아 참, 자넨 말을 않는다며? 자네 주인께서도 그러시더군. "빌려는 드리지요. 하지만 아무 것도 묻지는 마십시오. 이 하인은 절대 대답하지 않습니다." 난 그걸 잊을 뻔했네. 그러나저러나 웬일이야? (하인의 회중시계를 들여다 본다) 이제 십 분째 지나가구 있어. 황금 같은 내 인생이 이 꼴로 그냥 허무하게 지나가다니 안타깝지 뭔가?

남자, 어떻게 했으면 좋을지 모르겠다는 듯 낭패한 표정으로 관객석 사이를 어슬렁거리며 왔다갔다 한다.
남자, 한 여성 관객에게 말을 건다. 언뜻 무슨 생각이 떠오르는 듯 미소를 짓고 있다.

남자　하긴…… 그럴지도 몰라요. 여자란 그렇다면서요? 이쁘게 보이려구, 일부러 약속 시간보다 오 분쯤은 늦는다죠? 하지만 이건 너무 심합니다. 굉장히 미인인가? 그러니까 두 곱이나 시간을 낭비하는 것 아니겠어요? 만약 온다는 그 여자가 당신처럼 어여쁘시다면야 이야긴 퍽 달라지죠. 십 분 아니라 난 이십 분도 기다릴 수 있다 이겁니다.

남자, 다시 자기 의자에 돌아와 앉는다. 초조해서 옷을 매만지고 모자를 썼다 벗었다. 결국 그는 모자를 벗어 탁자 위에 놓고 벌떡 일어선다. 힐끔 하인의 시계를 본다. 마른 침을 꿀꺽 삼킨다. 그는 남자 관객에게 다가간다.

남자   이거 초조해서 원, 담배 한 대 주시겠어요? 거저 달라는 건 아닙니다. 다만 빌려달라는 거죠. 네, 고맙습니다. 아, '은하수' 군요. (다른 남자 관객에게) '청자'를 가지구 계신가요? 그러시다면 한 대 빌립시다. (그는 호주머니에서 납작하게 눌러진 빈 담배갑을 꺼내 남자 관객들로부터 받은 담배를 차곡차곡 집어 넣는다) 누구, '샘' 없으세요? '샘'? 요즘 나온 담배론 '샘'이 괜찮더군요. 물론 '한산도'도 좋긴 좋죠. 어느 분 '파고다' 있으시면 그것도 한 개피 빌립시다. 꼭 담배를 콜렉션하는 것 같습니다만 초조할 때 이러는게 내 버릇이라서요. (담배에 불을 붙인다) 라이터, 이거 최고품이죠. 쓸데없이 금으로 만들구, 진주를 붙였습니다. (하인에게) 이거 정해진 시간이 얼마지? (하인, 오른손의 손가락 하나, 왼손의 손가락 네 개를 펴 보인다) 알았네, 알았어. 십분 정도가 지났으니까, 앞으로 사 분 후엔…… 그러나 아직은 완전히 내 겁니다. 내 라이터다, 이거지요. 이 호사스런 물건이 그걸 증명하거든요. 그건 그렇고, 담배는 고맙습니다. 다 이럴 땐 상부상조해야죠, 안 그래요? 그런 의미로 한 대만 더 빌려가도 좋겠지요?

문 두드리는 소리가 들린다.

남자	들었지?
하인	(묵묵부답)
남자	여봐, 누가 문 두드리잖나?
하인	(쳐다보려고도 않는다)
남자	어서 문 좀 열어 드리게.
하인	(침묵)
남자	할 수 없군, 내가 여는 도리밖엔.

남자, 문을 연다.
여자, 들어온다.

남자	하인은 저쪽입니다. 난 주인이구요.

여자, 하인 쪽으로 달려가 인사를 한다.

남자	주인은 이쪽이에요, 이쪽.

여자, 당황해서 남자 쪽으로 되돌아온다. 미술품을 감상하듯이 남자는 여자를 주시하며 그 둘레를 두어 바퀴 돈다.

남자	그러실 줄은 미리 짐작했었습니다.
여자	…… 짐작하시다니요?
남자	네. 아름다우시리라, 그걸 말입니다. 다 아는 수가 있죠. 기다리는 시간을 많이 낭비할수록 오시는 님은 아름답다. 그렇지요, 시간이란 그런 점에서 매우 정확한 측량 도구입니다. 물론

결과가 나쁠 때는 아무 쓸모없는 도구이긴 합니다만. 저어, 담배 피워도 괜찮겠지요?

남자, 담배를 입에 물고 라이터를 꺼내 든다. 슬그머니 자랑하고 싶은 기분이 든다. 그는 라이터를 공기놀이 하듯 허공에 던졌다가 받곤 한다.

남자   라이터, 최고품입니다. 금제, 그리고 진주가 박힌.

하인   (허공에 올라간 라이터를 툭 채어간다)

남자   이리 줘.

하인   (자기의 시계를 가리킨다)

남자   그렇게 됐나? 벌써 사 분마저 지났어? 시간 하나 빨리 간다. (여자에게) 어디 두셨습니까?

여자   네?

남자   내 라이터.

여자   라이터?

남자   아, 아니구, 날개 말입니다.

여자   날개…….

남자   네, 날개. 물론 집에 두고 나오셨겠지요. 요즈음의 천사들이란 겸손하셔서 그 우아한 날개를 살짝 집에 두고 나오는 걸 유행으로 삼고 있다더군요. 당신도 역시 그러시겠지요!

여자가 무어라고 하기 전에 재빨리 말을 잇는다.

남자   당신은 날개만 없다 뿐이지 천사시다 이겁니다. 더욱 나아가서는 소유권 문제인데 나의 천사시다, 내 것이다, 이런 겁니다.

여자　벌써 그런 결론이 나왔어요?

남자　(단호하게) 네. 방금 들으셨듯이.

여자　너무 빨라요.

남자　왜요? 내 결론이 혹시 마음에 안 드시기라도?

여자　아뇨. 하지만요, 우린 아직 인사도 않은 걸요. 처음 뵙겠어요.

남자　(더 재빠르게) 더 처음 뵙겠습니다.

여자　안녕하세요?

남자　더 안녕하십니까?

여자　제 이름은……

남자　아, 우리 소개 나중에 하십시다. 요즈음의 인간 관계는 결론이 시작이 되구 서로의 인물 소개는 맨 끝으로 돌리는 걸 새로운 관습으로 삼고 있으니까요.

여자　그런 관습도 생겼군요!

남자　네. 그건 별로 자랑거리 없는 남자가 첫눈에 반할 만한 여자를 만났을 때 응용하는 방법입니다. 왜냐하면 그 남자가 별 신통 찮은 자길 소개할 경우 상대편 여자는 몹시 실망하게 됩니다. 그럼 두 사람의 관계는 뭐가 되겠습니까? 그 즉시 끝장입니다. 우리는 이런 유감스런 사태를 피하자는 겁니다. 우리 둘 사이를 풍부하게 한 다음 소개는 그때 가서 하십시다. 좋겠지요, 그게?

여자　(엉겁결에) 네, 좋아요.

두 남녀는 의자에 앉는다. 동시에 남자가 청혼을 한다.

남자	결혼하십시다.
여자	결혼? 누가 누구하구요?
남자	그야 내가 당신하구지요.
여자	만난지 몇 분 됐다구 그러시죠?
남자	시간을 따진다면야 나도 할 말이 없죠. 내가 얼마나 오래 기다린지 아십니까? 짐작이 안 가시면 여기 계신 분들께 물어보십시오. 내 인생의 황금 같은 시간을 그 삼분지 일이나 덧없이 보내고서야…….

하인, 느닷없이 덤벼들어서 남자의 구두를 벗겨간다. 여자는 몹시 당황한다. 남자는 만류하지만 하인은 행동의 정당성을 과시하려는 듯 시계를 가리킨다. 남자는 구두를 빼앗기고 하인은 벗겨낸 구두를 가져간다.

남자	내 하인의 무례함을 용서하십시오.
여자	뭐죠?
남자	구두가 내 발에서 떠나갔습니다. 시간이 지났기 때문입니다.
여자	전 뭐가 뭔지 모르겠어요.
남자	어찌 아시겠습니까? 인생이 그런 거라곤…….
여자	인생이 그런 거라뇨?
남자	아, 아니요. 제발 알려고는 마십시오. 여자는 그걸 모르기 때문에 남자를 사랑하게 되고, 남자는 그걸 알기 때문에 여자를 사랑하게 되는 겁니다.
여자	(현기증이 나서) 뭐가 뭔지…….
남자	부디 모르십시오.

여자	물 한 잔 주시겠어요?
남자	그러십시다. (하인에게) 자네 물 한 잔만 주게.
하인	(부동자세)
남자	그럼 물 한 잔만 빌려 주게.

하인, 물 한 잔을 가져온다.

남자	그냥 달라고 할 때엔 꼼짝도 않더니 빌려달라고 하니까 가져 오는군. (여자에게) 드십시요.
여자	고마워요.
남자	뭘요. 빌린 건데요.

여자, 물을 마신다.

남자	정신 좀 드십니까?
여자	여전해요.
남자	(미소를 짓고) 익숙해지면은 좀 나을 겁니다.
여자	저는요, 솔직히 말씀드려서…… 당신이 이렇게 부자리라곤 꿈 도 못 꿨죠. 전보에 알려 주신 대로 찾아왔더니…… 이건 너무 어마어마한 저택이잖겠어요? 문 앞에서 저는요, 한참이나 망 설였어요.
남자	어려워 마시고 그냥 들어오실 걸.
여자	아뇨. 황홀해서 망설였던 거예요.
남자	(미소를 짓고) 아, 그랬어요?
여자	네. 당신의 전보를 받았을 때요, 저의 어머닌 말씀하셨답니다.

애야, 어서 가 봐라. 가 봐서 빈털터리 같거든 아예 되돌아 오
구 부자거든 꼭 붙들어야 한다.

남자   그래 당신은 뭐라 했습니까?

여자   알았어요, 어머니. 오른손을 들구서 그렇게 대답했죠.

남자   내 원 참! 오른손을 들다, 그러니까 맹세를 하셨군요?

여자   그렇죠!

남자   그 잔에 물 좀 남았습니까?

여자   아뇨. 다 마셨는데요.

남자   유감입니다. 내 몫을 남기시지 않구서.

하인, 또 다시 남자에게 넥타이를 풀어낸다. 남자는 빼앗기지 않으려
힘껏 저항하지만 하인의 억센 힘을 당해내지 못한다.
결국은 빼앗기고 하인은 기계적인 동작으로 넥타이를 가지고 나간다.
여자는 두 남자의 다툼에 놀란다.

여자   왜들 그러시죠?

남자   (씩씩거리면서 웃고 있다) 이번엔 넥타이가 내 목에서 떠나갔습
니다.

여자   (이해하지 못하겠다는 듯이) 네에?

남자   뭐, 놀랄 게 못 됩니다. 그저 시간이 지난 것뿐이니까요. 안심
하십쇼. 만약 내 목이 떠나가고 넥타이만 남았다면…… (계면
쩍은 듯 바라보고 있는 여자의 관심을 돌리려) 그건 그렇구요, 당
신 어머니 퍽 재미난 분이시군요. 나는 깊은 관심을 갖게 됐어
요. 당신의 어머니에 대해서, 그 맹세를 시키셨다는 어머니,
어떤 분인지 더 듣구 싶습니다. 어떠신가요? 어머니 성품이

너그러우시다든가…… 왜 그렇게 쳐다만 보십니까?

여자 넥타이를…….

남자 그것엔 관심없습니다.

여자 왜 빼앗기셨죠? (옆에 와 부동자세로 서 있는 하인을 훔쳐보며) 그 것두 난폭하게.

남자 그렇지요. 난폭하게 주인을 덮치는 그런 하인에겐 난 전혀 관 심 없어요. 오히려 당신 어머니의 성품이 너그러우신지…….

여자 하지만요, 저는……. (입을 다물어 버린다)

남자 알았어요. 문제는 빼앗긴 물건인가 본데, 그야 되돌려받기 어 렵지는 않습니다. (하인에게 큰 소리로) 여봐, 가져 와! (묵묵부답 인 하인. 까치발을 딛고 일어나서 그의 귀에 속삭인다) 여봐! 그 가 져간 것 오 분만 더 빌려 주게.

하인 (대답이 없다)

남자 딱 오 분만 더. 사정해도 안 되겠나, 응?

하인 (반응이 없다)

남자 좋아, 좋다구.

여자 뭐래요, 하인이?

남자 네. 날더러 잘 해보라구 그럽니다.

남자, 관객석을 투덕투덕 걸어다니다가 넥타이를 맨 남성 관객 앞에 앉는다.

남자 물론 그래요. (속상하다는 듯 담배를 피워 물고, 상대방에게도 권하 며) 저 인정사정도 없는 하인이 날더러 잘 해보라구 그런 말 한 마디 하진 않았어요. 하지만 말입니다, 나도 그래요, 기 죽을 필요야 없는 겁니다. 그렇잖아요? 도대체 지가 뭐라구 겨우 심부름이나 하는 주제에…… 속 좀 상합니다만, 그야 뭐 그건 당신에게도 마찬가지니까 말해보나마나겠구…… 저어, 당신 넥타이 참 좋습니다. 정말 좋아요. 아름다운 색깔, 기막히게 멋진 무늬, 딱 오 분만 빌립시다. 정확하게 오 분만. 더 이상은 어기지 않겠습니다. 빌려 주시렵니까? (남성 관객으로부터 넥타이를 빌려 착용하며) 고맙습니다. 빌린 동안에는 소중히 다룰 겁니다. 사실 이건 내 것이 아니라 당신 것인데… 혹시 모르긴 하지요, 당신도 누구에게서 빌려온 건지는. 아무튼 잘 사용하고 돌려 드리겠어요. 자아, 그럼 당신은 시간을 재고, 난 이만.

남자, 급한 걸음으로 여자에게 돌아간다.

남자   어때요, 이젠?

여자   네, 당신은 멋진 분이셔요.

남자   (웃으며) 뭘요.

여자   아니, 정말 그래요.

남자   (넥타이를 빌려 준 남성 관객을 향하여) 이 영광을 당신에게 돌려 드립니다. (여자에게) 그런 그렇구요, 우리 하다만 이야기, 그것 좀 계속해 봅시다.

여자   어디까지 이야길 했었죠, 우리?

남자   당신의 어머니에 대해서, 아직은 거기까지입니다.

여자   (작게 한숨을 쉬고) 그럼 저 자신에 대한 건 아직 멀었군요.

남자   그렇죠. 나도 직접 당신의 이야길 듣고 싶습니다만, 어머니 다음 딸, 이런 순서니까 계속 진행해 봅시다. 의무적으로 묻겠습

니다. 당신 어머니 성품은 어떻습니까? 난폭하십니까? 상냥
하십니까?

여자 글쎄요.

남자 의무적으로 대답하십시요.

여자 (잠시, 생각하더니) 난폭에다 상냥을 겸하신 분이에요.

남자 (자기 이마에 손을 얹는다)

여자 왜 그러시죠?

남자 뭐, 별건 아닙니다. 벽에 부딪쳤다고나 할까요, 뭔가 어려워서
요. 하긴 당신을 얻는다는 것이 그렇게 쉽지는 않겠지요. 첫
눈에 반한 사람들도 결혼에 이르기까진 험난한 과정을 겪는다
고들 합니다만. 그런데 우리는, 겨우 처음에서 서성거리고 있
는 것 같거든요. 아직 이야기도 당신의 어머니에게서 머물구
있구…….

여자 용기를 내셔야 해요.

남자 네, 어디 힘 좀 내보겠습니다.

여자 갑자기 이런 말을 하면 놀라시겠지만요…….

남자 말해봐요, 뭐든지.

여자 저는 이 세상에 태어났어요.

남자 놀랐습니다, 갑자기.

여자 네. 태어난다는 건 언제나 갑자기죠. 그래서요, 저는 태어날
때 제 기분이 어떠했는지 그걸 모르겠어요. 아무튼 그냥 그렇
게 이 세상에 나온 거죠. 그리구, 어렸을 때 제 별명이 뭔지 아
시겠어요? 덤이에요, 덤.

남자 덤?

여자 네. 왜 조금 더 주는 것 있잖아요. 그거래요, 제가. 아버진 사

랑을 주구, 그리고 또 덤으로 저를 어머니에게 주었죠. 그러니까 덤 아니겠어요? 덤, 이 말 속엔 뭔가 그리운 게 있어요. 덤, 덤, 덤…… 아버진 덤이 태어나자 달아나셨대요. 말하자면 뺑소닐 치신 거죠. 나중에 알고 보니 사기꾼이었구 어머니에게 보여줬던 그 많은 재산은 모두 다 잠시 빌렸던 거래요.

남자 덤, 덤, 덤.

여자 하지만요, 저는 아버질 미워 안 해요. 그분에겐 뭔가 덤이라는 옛 이름처럼 그리운 데가 있어요. 덤, 혹시 그분도 그렇게 이 세상에 태어나셨던 건 아닐지…… 안 그래요?

남자 덤, 덤, 덤….

여자 어머니에겐 안됐지만요, 덤이라는 그 점이 저에겐 좋아요. 웬지 홀가분하더군요. 이런 말을 하면 어머닌 화를 내시곤 한답니다. 하긴 그렇죠. 고생 많으셨어요. 홀로 덤을 낳아 키운다는 건…… 그만둘까요, 제 이야기?

남자 덤, 더해주세요.

여자 그래서 어머니는요, 단단히 벼르시는 거예요. 이 덤을 키워서는 결코 사기꾼에겐 주지 않겠다구요. 전 어머니 말을 이해해요.

남자 나두 알만합니다.

여자 고마워요.

남자 뭘요, 고맙기는요.

여자 사실 이런 덤 이야긴 처음인 걸요. 아무에게도 말하지 않았답니다. 그냥 가슴 속에 덮어 두었었죠. 그러고 보면 당신은 참 친절하신 분이에요.

남자 덤.

여자 네?

남자 아, 아뇨. 그저 불러 본 겁니다.

여자 그 목소린 그저 불러 본 건 아닌데요?

남자 저어, 아닙니다.

남자는 일어나 넥타이를 풀어 그것을 빌렸던 남성 관객에게 가서 되돌려 준다. 그의 눈은 물기에 젖어 있다.

남자 빌린 건 돌려드립니다. 시간은 정확하게 지켰습니다. 그런데 웬지 모르게 슬퍼진 건 무슨 까닭일까요? (관객석을 거닐며 그는 자기에게 들려 주듯 중얼거린다) 덤, 덤, 덤, 난 당신을 사랑해. 덤, 덤, 난 당신을 사랑해…….

여자 거기서 뭘 하시죠?

남자 (계속 혼잣말처럼) 덤, 난 당신을 사랑해…….

여자, 남자에게 다가온다.

여자 뭘 하구 계세요?

남자 덤…… 저어, 내 재산이 얼마쯤 될까, 그걸 생각하고 있었습니다.

여자 하필 이럴 때 그런 걸 생각하셔요?

남자 부자의 인색한 버릇입니다. 그런데 난 재산이 너무 많아서 차라리 생각지도 말자, 그렇게 마음 먹었습니다. 이젠 됐습니까?

여자, 남자의 어깨에 기댄다. 사이.

하인, 위압적으로 한 걸음씩 남자에게 다가온다.

두려워지는 남자, 그 꼴을 여자에겐 보이고 싶지 않다.

남자 눈을 감아요.

여자 감고 있는 걸요, 이미.

남자 난 지금 행복합니다.

여자 저두 행복해요.

하인, 남자에게 덤벼든다. 호주머니를 뒤져서 소지품들을 몽땅 털어간다.

남자 이번엔 자질구레한 여러가지 것들이 떠나가고 있습니다. 그런데 난 자꾸만 행복해집니다.

여자 (눈을 감은 채 미소를 짓고 있다)

남자 그렇습니다, 덤. 여러 가지 것들, 헤아릴 수 없이 많은 그것들이 떠나갔습니다. 뭐, 놀랄 건 못되지요. 그저 시간이 지난 것뿐이니까요. 어떤 나무는요, 가을이 되자 수천 개의 이파리들을 몽땅 되돌려 주고도 아무 소리 없습니다. 덤, 나는 고양이 한 마리를 길러 봤습니다. 고양이는 차츰 늙어지고, 그래서 시간이 다 지나가자 그 생명을 돌려 주고도 태연했습니다. 덤, 덤, 덤…… 난 뭔가 진실한 걸 안 것 같습니다. 덤, 덤. 그래요. 난 이제 자랑거리 하나가 생겼습니다. 그런 진실을 알았다는 것, 나에게는 그게 유일한 자랑이 될 겁니다.

여자 너무 겸손하신 자랑이에요.

남자	뭘요. 그런데 덤, 당신에겐 뭐 자랑거리가 없으십니까?
여자	있구말구요, 보시겠어요?
남자	봅시다, 어디.

여자, 남자와 함께 의자로 돌아간다. 의자 위에 놓여 있는 핸드백을 열고 그 속에서 얼굴만을 커다랗게 찍은 사진 석 장을 꺼낸다.
하인, 시계를 보더니 탁상 위에 놓였던 남자의 모자를 냉큼 집어 간다.

남자	이번엔 모자가 의자에서 떠나갔습니다. 여간 다행이군요. 모자는 작습니다, 의자는 크구요. 만약 의자가 모자에게서 떠나갔더라면 얼마나 큰 손실이겠습니까?
여자	이걸 좀 보세요.
남자	뭔데요, 그게?
여자	할머니, 어머니, 그리고 제 사진이에요. 저희 집 가문의 여인들은 대대로 미인이라는 걸 증명하는 거죠.

남자, 사진들을 바라본다.
하인, 모자를 가져 가다가 멈춰선다. 그의 시선이 아래로 움직여서 사진을 들여다 본다.
남자, 하인을 밀어낸다.

| 남자 | 뭘 봐? (여자에게) 당신이 가장 아름답습니다. |
| 여자 | 제일 젊으니까 그렇죠. |

남자, 사진 중에서 여자 본인의 것을 들어 여자의 얼굴에 대고 한참
동안 바라본다.

남자   그러니까, 이게 지금의 당신이군요?
여자   네.
남자   몇 살인가요, 실례지만?
여자   스물둘이에요.
남자   스물두울. 꽃다운 처녀시군요.

남자, 다음엔 여자 어머니의 사진을 얼굴에 대어 준다.

남자   시간이 좀 지났습니다. 그럼 어떻게 될까요?
여자   조금 늙지 어떻게 돼요?
남자   이젠 이 얼굴이 당신입니다. 몇 살이십니까?
여자   (조금 쉰 목소리로) 마흔다섯이에요.
남자   마흔다섯. 중년 부인이시군요.

남자, 할머니의 사진을 여자의 얼굴에 대어 준다.

남자   시간이 더욱 지났습니다. 이젠 이 얼굴이 당신입니다. 몇 살이
        시죠?
여자   (푹 쉰 목소리로) 일흔 살이 넘었어요.
남자   일흔 살이 넘으셨다, 늙으셨군요.

남자, 얼굴에 대었던 사진들을 탁상 위에 내려 놓는다.

남자	재미난 놀이를 해봤지요?
여자	네, 재미 있었어요.
남자	짐작하셨겠지만, 이 놀이의 재미는 시간이 지나간다는 데 있습니다.
여자	(사진들을 가리키며) 그래두요, 이렇게 고웁잖아요? 늙어서도 어여뻐야 정말 미인이래요.
남자	그렇지요. 잘 말씀했습니다. 정말 재미라는 거는요, 시간을 초월하는 데 있습니다. 시간, 흥, 지나가라지요. 우리는 그저 재미있음 그만입니다. 아, 덤! 당신은 어여쁘고, 거기에다 또 참된 재미가 뭔지 그걸 아십니다! 덤, 난 완전히 당신에게 매혹되었습니다. 아, 지금 나는 내 정신이 아닙니다!
여자	저두 그래요!
남자	난 너무 황홀합니다!
여자	그렇다니까요, 저두!
남자	바로 이겁니다. 인생이란 이런 거예요! 그런데 덤, 만약 이 순간에 (곁에서 시간을 재고 있는 하인을 가리키며) 이 억센 하인이 내 옷을 벗겨 간다면…….
여자	왜 벗겨 가요?
남자	만약입니다, 만약에…….
여자	그래도 옷을 벗겨 가선 안돼요.
남자	그러니까 만약입니다. 만약에, 내 옷을 벗겨 간다면 당신은 어찌 하시겠습니까? 지금 가지고 있는 그 참된 재미를, 그 행복을, 그 황홀을 따악 깨셔야 하겠습니까?
여자	(어리둥절해지며) …… 글쎄요.
남자	참된 건 영원하다지요?

여자 …… 글쎄요.

남자 어디 그럼 시험해 봅시다.

남자는 이미 저고리를 하인에게 빼앗기고 있다. 당황한 여자는 "……
글쎄요"만 연발하고 있다.

하인, 벗겨낸 저고리를 들고 나간다.

남자 얼마나 다행입니까? 아직 바지가 남았습니다.

여자 바지가…….

남자 네. 비록 맨발에다 윗 저고리는 안 입었습니다만 당신을 사랑
하기에 전혀 부끄럽지 않은 모습입니다. 정식으로 청혼하겠
습니다. 결혼해 주시겠습니까?

여자 왜 난폭한 하인을 그냥 두시죠? 당장 해고하세요.

남자 하인은 아무 잘못도 없습니다.

여자 그냥 두시니까 자꾸 빼앗기잖아요.

남자 빼앗기는 건 아닙니다. 내가 되돌려 주는 겁니다.

여자 당신은 너무 착하셔요.

남자 글쎄요, 내가 착한지 어쩐지는 잘 모르겠습니다만, 내 태도 하
나만은 분명히 좋다구 봅니다. 이렇게 하나 둘씩 되돌려 주면
서도 당신에 대한 사랑은 줄어들지 않았습니다. 아니, 줄기는
커녕 오히려 불어나고 있습니다. 아, 나의 천사님, 아니 덤이
여! 구두와 넥타이와 모자와 자질구레한 소지품과 그리고 옷
에 대해서 내 사랑은 분산되어 있었습니다. 그런데 지금은 어
떤지 아십니까? 오로지 당신 하나에로만 모아지고 있는 겁니
다! 내 청혼을 받아 주지 않으시겠습니까?

하인, 돌아와서 두 남녀에게 우뚝 선다.

여자　어마, 또 왔어요!

남자　염려마십시요. 나도 이젠 그의 의무를 방해하지 않겠습니다.

여자　그의 의무? 의무가 뭐죠?

남자　내가 빌린 물건들을 이 하인은 주인에게 가져다 주는 겁니다.

하인, 남자에게 봉투를 하나 내민다.

남자는 봉투에서 쪽지를 꺼내 읽더니 아무 말 없이 여자에게 건네준다.

여자　"나가라!" 나가라라 뭐예요?

남자　네. 주인으로부터 온 경고문입니다. 시간이 다 지났으니 나가라는 거지요.

여자　나가라…… 그럼 당신 것이 아니었어요?

남자　내 것이라곤 없습니다.

여자　(충격을 받는다)

남자　모두 빌린 것들뿐이었지요. 저기 두둥실 떠 있는 달님도, 저 은빛의 구름도, 이 하늬바람도, 그리고 어쩌면 여기 있는 나마저도, 또 당신마저도…… (미소를 짓고) 잠시 빌린 겁니다.

여자　잠시 빌렸다구요?

남자　네. 그렇습니다.

하인, 엄청나게 큰 구두 한 짝을 가져오더니 주저앉아 자기 발에 신는다. 그 구둣발로 차낼 듯한 험악한 분위기가 조성된다.

남자	결혼해 주십시요. 당신을 빌린 동안에 오직 사랑만을 하겠습니다.
여자	…… 아, 어쩌면 좋아?

하인, 구두를 거의 다 신는다.

여자	맹세는요, 맹세는 어떻게 하죠? 어머니께 오른손을 든…….
남자	글쎄 그건……. (탁상 위의 사진들을 쓸어 모아 여자에게 주면서) 이것을 보여드립시다. 시간이 가고 남자에게 남는 건 사랑이라면, 여자에게 남는 것은 무엇이겠습니까? 그건 사진 석 장입니다. 젊을때 한 장, 그 다음에 한 장, 늙구 나서 한 장. 당신 어머니도 이해할 겁니다.
여자	이해 못하실 걸요, 어머닌. (천천히 슬프고 낙담해서 사진들을 핸드백 속에 담는다) 오늘 즐거웠어요. 정말이에요…… 그럼, 안녕히 계세요.

여자, 작별인사를 하고 문앞까지 걸어 나간다.

남자	잠깐만요, 덤…….
여자	(멈칫 선다. 그러나 얼굴은 남자를 외면한다)
남자	가시는 겁니까, 나를 두고서?
여자	(침묵)
남자	덤으로 내 말을 조금 더 들어 봐요.
여자	(악의적인 느낌이 없이) 당신은 사기꾼이에요.
남자	그래요, 난 사기꾼입니다. 이 세상 것을 잠시 빌렸었죠. 그리

고 시간이 되니까 하나둘씩 되돌려 줘야 했습니다. 이제 난 본색이 드러나구 이렇게 빈털터리입니다. 그러나 덤, 여기 있는 사람들에게 물어봐요. 누구 하나 자신있게 이건 내 것이다, 말할 수 있는가를. 아무도 없을 겁니다. 없다니까요. 모두들 덤으로 빌렸지요. 눈동자, 코, 입술, 그 어느 것 하나 자기 것이 아니구 잠시 빌려 가진 거예요. (누구든 관객석의 사람을 붙들고 그가 가지고 있는 물건을 가리키며) 이게 당신 겁니까? 정해진 시간이 얼마지요? 잘 아꼈다가 그 시간이 되면 꼭 돌려 주십시요. 덤, 이젠 알겠어요?

여자, 얼굴을 외면한 채 걸어 나간다.
하인, 서서히 그 무서운 구둣발을 이끌고 남자에게 다가온다. 남자는 뒷걸음질을 친다. 그는 마지막으로 절규하듯이 여자에게 말한다.

남자   덤, 난 가진 것 하나 없습니다. 모두 빌렸던 겁니다. 그런데 덤, 당신은 어떻습니까? 당신이 가진 건 뭡니까? 무엇이 정말 당신 겁니까? (넥타이를 빌렸었던 남성 관객에게) 내 말을 들어보시오. 그럼 당신은 나를 이해할 거요. 내가 당신에게서 넥타이를 빌렸을 때, 그때 내가 당신 물건을 어떻게 다뤘었소? 마구 험하게 했었소? 어딜 망가뜨렸소? 아니요, 그렇진 않았습니다. 오히려 빌렸던 것이니까 소중하게 아꼈다간 되돌려 드렸지요. 덤, 당신은 내 말을 들었어요? 여기 증인이 있습니다. 이 증인 앞에서 약속하지만, 내가 이 세상에서 덤 당신을 빌리는 동안에, 아끼고, 사랑하고, 그랬다가 언젠가 그 시간이 되면 공손하게 되돌려 줄 테요, 덤! 내 인생에서 당신은 나의 소중한 덤입니다. 덤! 덤! 덤!

남자, 하인의 구둣발에 걷어채인다.
여자, 더 이상 참을 수 없다는 듯 다급하게 되돌아와서 남자를 부축해
일으키고 포옹한다.

여자   그만해요!
남자   이제야 날 사랑합니까?
여자   그래요! 당신 아니구 또 누굴 사랑하겠어요!
남자   어서 결혼하러 갑시다, 구둣발에 채이기 전에!
여자   이래서요, 어머니도 말짱한 사기꾼과 결혼했었다던데…….
남자   자아, 빨리 갑시다!
여자   네, 어서 가요!

-막-

이강백 희곡전집 1

초   판 1쇄 발행일   1982년 12월 30일
초   판 8쇄 발행일   1998년 3월 30일
개정 1판 1쇄 발행일   2001년 7월 30일
개정 1판 6쇄 발행일   2010년 9월 20일
개정 2판 1쇄 발행일   2015년 6월 15일
개정 2판 3쇄 발행일   2022년 8월 22일

지 은 이   이강백
만 든 이   이정옥
만 든 곳   평민사
          서울시 은평구 수색로 340 〈202호〉
          전화 : 02) 375-8571
          팩스 : 02) 375-8573
          http://blog.naver.com/pyung1976
          이메일 pyung1976@naver.com
등록번호   25100-2015-000102호
ISBN   978-89-7115-703-9 03800
정   가   13,000원